U0064002

學 賞

古 名

文 句

璧華 —— 著

中 華 教 育

賞 名 句

學 古 文

責任編輯：莫玉儀

裝幀設計：立青

排版：黎品先

印務：劉漢舉

著者
璧華

出版
中華教育
香港北角英皇道499號北角工業大廈1樓B
電話：(852) 2137 2338　　傳真：(852) 2713 8202
電子郵件：info@chunghwabook.com.hk
網址：http://www.chunghwabook.com.hk

發行
香港聯合書刊物流有限公司
香港新界荃灣德士古道220-248號
荃灣工業中心16樓
電話：(852) 2150 2100　　傳真：(852) 2407 3062
電子郵件：info@suplogistics.com.hk

版次
2013年10月初版
2024年6月第6次印刷
© 2013 2024 中華教育

規格
32開 (210mm x 153mm)

ISBN
978-988-8263-52-3

前言

本書精選長久流傳、常被引用的古代詩、詞、文章中的名句一百條，予以解釋，一方面固然可以幫助學生及一般讀者深入地理解名句的內涵，體會中國文化的博大精深，把它運用到學習和生活中去；更重要的是提高閱讀古文的能力。

透過名句學習古文是一種新的嘗試。傳統作法，一般讀者均是從閱讀篇章理解全篇旨意入手，對篇章中的字、詞、句往往不夠重視，甚至忽略它。所以，始終讀不懂古文。文章都讀不懂，學生又如何能應付中學文憑試的試題？因此，只有從徹底理解字、詞、句出發，才能給日後把握全篇的內容、結構及其表現形式打下堅實的基礎。

書中的「古文常識」，即是為上述目的而設。透過此項對古文運用的具體細緻的解析，讀者自會從中學習理解詞語方法，以及辨識句式的各種變化，並取得舉一反三的效果，因為這些名句雖然短小，字數有限，但五臟俱全，其總和可以涵蓋古文語言的所有要素。

選取的名句主題為勵志，其中包括昔日賢哲的智慧及做人原則。讀者得以從中汲取營養，耳濡目染，潛移默化。這些名句雖然經過長時間的磨蝕，但迄今仍然閃爍着璀璨耀眼的光芒，具有永恆的價值。希望讀者能夠在名句引領下，身體力行，繼承並發揚中國文化優秀傳統。

璧華

2013 年 9 月

目　錄

第二章　處世篇

第三章　**情感篇**

第五章　哲理篇

第六章　國事篇

使用說明

名句

長久流傳、常被引用的古代詩、詞、文章中的名句，或為單句，或為兩句以上的複句；

分六類：學習、處世、情感、品德、哲理、國事；

目錄按各條首字筆畫順序排列。

千里之行，
　始於足下。

名句出處

作者、書名、出自何書、何篇章；

有助讀者知道名句的外緣資料，全面了解其內涵。

【出處】

《老子·第六十四章》：

其安易持，其未兆易謀，其脆易泮，其微易散。為之於未有，治之於未亂。合抱之木，生於毫末；九層之台，起於累土；千里之行，始於足下。

譯注

用語體文翻譯名句，使讀者理解句子的表層意思；

注釋部分，簡明扼要地補充語譯中所無法表明者。

【譯注】

千里的行程，是從腳下一步步走出來的。

- 累：盛土籠。粵音雷。累土，一籠籠的土。
- 行：行程。
- 足下：腳下，指起步的地方。

【古文常識】

　　「於」，介詞，在句中作引述動作的起始地點或施動之處，相當於「從」、「由」。例如《孟子・滕文公下》：「救民於水火之中，取其殘而已矣。」（把百姓從水火中解救出來，殺掉殘暴的君主罷了。）

　　「始於足下」，即從腳底下（起步的地方）開始。

【應用範圍】

　　在《老子・第六十三章》中云：「圖難於其易，為大於其細。」（考慮做難事時，先從容易地方做起；做大事時，先從細微地方做起。）因為事物的變化都是從量的變化到質的變化的過程，所有事物無一不是由小到大，由簡單到複雜，逐步累積而成的。這就啟示我們，做任何事情都要循序漸進，不可希圖一蹴而就。他舉例說：合抱的大樹，是從萌芽成長起來的，九層的高塔是從一堆堆泥土構築起來的；千里的行程，是由一步步走出來的。不但要注意開始，也要注意即將終結之時，要「慎終如始」，在事情快要完成的時候，必要像開始一樣謹慎小心，否則將「幾成而敗之」，落得功虧一簣的敗績。

　　我們常識人說，好的開始就是成功的一半，開始時要謹慎，考慮好下面的每一個步驟，要考慮到可能碰到的困難以及解決的辦法。行動要堅定，計劃要周密，像《愚公移山》中的愚公那樣，說做就去做，第二天就帶領兒兒孫孫扛着鋤頭，挑着扁擔，到山邊挖土，而且還計劃世世代代挖下去，直到把山挖平了為止。

　　此名句適用於審視當今青少年行事存在的問題。

古文常識
認識古文中詞語的古今異義、一字多義、虛詞用法，掌握詞類活用，辨別古文各類句式；
奠定閱讀古文的基礎。

應用範圍
把名句與上下文及全文聯繫起來理解，指出它在當時的意義及今日的價值，達到古為今用的目的。

思考題
供讀者思考、探討，以及活用在寫作及說話訓練上。

第一章

學習篇

士別三日，
即更刮目相待，
大兄何見事之晚乎！

【出處】

宋·司馬光《資治通鑑》：

蒙乃始就學。及魯肅過尋陽，與蒙論議，大驚曰：「卿今者才略，非復吳下阿蒙！」蒙曰：「士別三日，即更刮目相待，大兄何見事之晚乎？」肅遂拜蒙母，結友而別。

【譯注】

　　跟讀書人分別三日，就應該重新擦亮眼睛，用新眼光相看了，兄長為甚麼明白這件事如此之晚呢？

- 更：重新。
- 刮目相待：另眼相看，用新目光看待對方。刮目：擦擦眼睛。
- 大兄：兄長，是對同輩年長者的尊稱。
- 見事：明瞭事理。

【古文常識】

　　古漢語中，有些詞搭配起來使用，構成一種比較固定的習慣用法，這種形式通常表達固定的內容，其句型可稱慣用型。

　　「何……之……」是古漢語中常見的慣用型，它用以表示反問。例如《莊子·列禦寇》：「何得車之多？」（為甚麼得到這麼多的車？）即「得車之多何」的倒裝，因此可譯為「得到這麼多的車是為甚麼？」而名句中的「大兄何見事之晚？」即「大兄見事之晚何」的倒裝，可譯為「兄長明瞭事情這麼晚是為甚麼？」

【應用範圍】

　　這句名言是三國吳國名將謀臣魯肅對將領呂蒙講的一番話。呂蒙曾隨周瑜大破曹操軍於赤壁，他當初不肯努力習文，孫權勸他說：「你現在掌握軍國大權，不可以不學習。」呂蒙以軍務繁忙為由辯解。孫權說：「我並不是要你研究經書，只不過要你廣泛瀏覽群書。你說繁忙，難道我的國務比你清閒嗎？我常常讀書，自以為大有裨益。」

　　於是呂蒙開始努力學習史書兵法。後來魯肅路過尋陽（今湖北黃梅西南），和他討論問題，大驚道：「你現在的才能韜略，已經不再是當年在吳縣（今蘇州）時阿蒙了。」呂蒙說：「與讀書人離別後三天，就應該另眼相看。」可見不論如何繁忙，都要努力學習，不可放鬆。

　　你有沒有借各種理由放棄學習的情況？讀了本名句後有何啟示？

　　論及勤學之後進步神速可用名句的論點。

子曰：

「由，誨女知之乎？
知之為知之，
不知為不知，
是知也。」

【出處】

《論語・為政》。

【譯注】

　　孔子說：「仲由呀！我教誨你的，你懂得了嗎？懂得就是懂得，
不懂就是不懂，這就是聰明智慧啊！」

　　◦ 由：即孔子學生仲由，字子路，魯國（今山東泗水縣）人。

　　◦ 誨：教誨，教導。

　　◦ 女：通「汝」，你。

　　◦ 知：通「智」，聰明，智慧。

【古文常識】

　　從以上的語譯和注釋可以看出這幾句中有兩個通假字：「女」和「知」，它們是與「汝」（你）和「智」（智慧）相通假，這是因為古代字多詞少，以有限的字記錄極為豐富的語言中的詞，產生了供不應求的矛盾。要解決這個矛盾，除了創造一些新的形體的字外，更多的是按照「本無其字，依聲托字」（口語裏已有此詞，而筆下卻無代表它的字，需要借用和它的名稱、聲音相同或相近的字來代表）的辦法來解決。「女」代「汝」，「知」代「智」就是如此。其他例子有「指」通「旨」。《史記·陳涉世家》：「卜者知其指意。」（占卜的人知道他的意圖。）

　　虛詞有多種用法。「之」，在這裏作代詞「它」，指孔子教誨學生的學問，三個字的用法相同。「之」還有別的用法，如作「去」、「往」、「的」等。

　　「是」，在此不做繫詞而是代詞「這」，要注意。例如蘇軾《石鐘山記》：「是說也，人常疑之。」（這種說法人們常常懷疑它。）

【應用範圍】

　　這段話中，是孔子倡導虛心的學習態度。一個人做學問要平實，懂得就是懂得，不懂就是不懂，不要裝懂，這就是最高的智慧，否則就是一個愚蠢的人，遲早露出馬腳，讓人笑話。

　　可檢查自己有沒有不懂裝懂的行為，並想想害處是甚麼，以及準備如何改正。

子曰：

「君子食無求飽，
居無求安，
敏於事而慎於言，
就有道而正焉，
可謂好學也已。」

【出處】
《論語・學而》。

【譯注】
　　孔子說：「有德行的人飲食不要求飽足，居住不要求安逸，辦事敏捷而說話謹慎，接受有道德的人匡正自己，可以說是好學的了。」

- 飽：可理解為美味。
- 安：可理解為華美的居所。
- 就：接近，親近。
- 正：匡正，改正。
- 焉、已：都是語氣助詞。

【古文常識】

　　「敏於事、慎於言」，這兩個都是倒裝句，「於」作「在」、「對」解，即在辦事方面敏捷，在言行方面很謹慎，正常寫法應該是「於事敏、於言慎」。例如「良藥苦口利於病」，「利於病」即對治病有利，即「於病利」。

【應用範圍】

　　從這幾句話中可以看到孔子教人不要追求物質生活的享受，而應當重視精神生活的追求。他最敬重學生顏回，就是因為顏回具有這種品質。他說：「賢哉！回也！一簞食，一瓢飲，居陋巷，人不堪其憂，回也不改其樂。賢哉，回也！」（顏回多麼高尚啊！一竹筐飯，一瓢水，居住在簡陋的小巷裏，別人忍受不了這種憂愁，他卻不改變自有的快樂。顏回多麼高尚啊！）

　　當前港人生活水平居世界前列，但是許多人（包括青少年）還為改善物質生活示威遊行不斷。這和孔子的「食無求飽，居無求安」的說法有矛盾嗎？

　　在寫作關於人生目標這類題目時，可多引述此名句。

天行健，
君子以自強不息。

【出處】

《周易·乾》。

【譯注】

　　天體運行勁健有力，有德行的人以天為榜樣自覺努力進取，永不休止。

- 天：在漢語中有多種解釋，此句中，按上文下理，指天體。
- 健：剛健有力，是說天體健行，日日夜夜，歲歲年年，從不休止。
- 自強：自己奮發圖強。

【古文常識】

「以」，憑借介詞，表示憑借的工具、方式、身份，相當於「用」、「依靠」、「按照」等。例如「有道之士，貴以近知遠」，指明白事理的人，貴在能夠憑借（根據）近的推知遠的。

在此句中，「以」後面省略了憑借的方式（天行為法），即按照天體運行為榜樣。

【應用範圍】

《周易》是儒家經典之一，「自強不息」是儒家思想的重要組成部分，也是儒家思想得以世世代代綿延發展主要原因。孔子是實踐這一個思想的先驅者，表現在他為追求真理而畢生持續學習上。《論語·述而》記載：葉氏曾經問孔子的學生子路，孔子的為人怎樣，子路不知如何回答，孔子知道後不無遺憾地説，你怎麼不告訴他：「其為人也，發憤忘食，樂以忘憂，不知老之將至云爾。」（他這個人啊，發憤起來連吃飯都忘記了，快樂起來忘了一切憂愁，甚至不知道快要老了，如此而已。）孔子無時無刻不在學習。《論語·八佾》云：「子入太廟（周公廟），每事問。」據《史記·孔子世家》記載：孔子晚年喜歡《易經》，「讀《易》，韋編三絕。」（把編聯竹簡書的熟牛皮條讀斷了三次。）可見孔子勤學和追求真理孜孜不倦的精神。

香港中央圖書館門口噴水池轉動的地球前就列這句名言，鼓勵讀者要效法天體運行，周而復始，永無止息，補充新知識，造福世人。

結合此名句，可用「活到老，學到老」或「學無止境，惟勤是岸」為題作文。

可以與人終日不倦者，其唯學焉。

【出處】

《孔子家語・致思》：

孔子謂伯魚曰：「鯉乎！吾聞可以與人終日不倦者，其唯學焉。其容體不足觀也，其勇力不足憚也，其先祖不足稱也，其族姓不足道也。終而有大名以顯聞四方，流聲後裔者，豈非學之效也？故君子不可以不學。」

【譯注】

可以和人交談一整天而不感到疲倦的，大概只有學問吧！

● 其：大概。

● 焉：語氣助詞，相當於「吧」、「呢」。

【古文常識】

「者」，作代詞用，用在動詞、形容詞、數詞等之後，可譯為「⋯⋯的人」、「⋯⋯的事」、「⋯⋯的情況」等；在名句中譯為「⋯⋯的東西」，整句譯為「可以和人交往一整天而不感到疲倦的東西」。

「其」，一般作第三人稱代詞用，此句是副詞，用在句首或句中，表示測度、反詰、商討、期望等語氣，可譯為「大概」、「難道」等。例如《左傳・成公三年》：「王送知罃曰：『子其怨我乎？』」楚共王為知罃送行，說：「你大概恨我吧？」（表測度）

「焉」，語氣詞，表示陳述、疑問、提頓等語氣。（1）表示陳述語氣，用在句末，可譯為「吧」、「呢」或不譯出，名句即是如此。（2）表示疑問語氣，用在句末，可譯為「呢」。如《左傳・曹劌論戰》：「肉食者謀之，又何間焉？」（有權勢的人商量這件事，你為甚麼參與呢？）

【應用範圍】

孔子對於學習非常執着，名言是他訓示兒子孔鯉的話。他認為一個人有學問很重要，只有這種人才可以和他交談，而且交往一整天也不會感到疲倦。孔子接着這句話說：一個人的容貌和形體，不值得一看；他的勇氣力量，不值得害怕；他的祖先，不值得頌揚；他的家族門第，也不值得稱道；他最終能享有大名，名聲播於四方，傳諸後世的，大概就是學問吧！因此孔子到了八十歲還要學習《易經》。

你交朋友是不是以有學問為標準？談及交朋友時可引用這句名言加以討論。

古人云：
「讀書千遍，其義自見。」
謂讀得熟，則不待解説，
自曉其義也。

【出處】

宋‧朱熹《訓學齋規》：

須要讀得字字響亮，不可誤一字，不可少一字，不可多一字，不可倒一字，不可牽強暗記，只是要多誦遍數，自然上口，久遠不忘。古人云：「讀書千遍，其義自見」。謂熟讀則不待解説，自曉其義也。

【譯注】

古人説：「書讀得多遍數多了，它的意思自然會顯現出來。」説讀得熟，那麼不依靠解釋説明，自然明白它的意思了。

- 千遍：指遍數很多，不是確定數字。
- 見：通「現」，顯現出來。

【古文常識】

　　古文中經常借用意義不同、只是音同或音近的字來表現本字的意義，稱為通假現象。「通」是通用，「假」是借用，被借用的字叫「通假字」。通假字都要讀本字的讀音。「見」通「現」，「見」是通假字，「現」是本字。又如陶淵明《桃花源記》：「便要還家。」（便邀請他回家。）「要」通「邀」。

　　注意「自」的用法，在名句中作「自然而然」解。又例《史記·李將軍列傳》：「桃李不言，下自成蹊。」（桃樹和李樹不會講話，樹下卻自然而然地被人踩出一條路來。）

【應用範圍】

　　名言中的古人，指的是三國魏學者董遇，他非常好學。漢獻帝興平年間（194－195 年），關中李傕等人作亂，董遇和哥哥投靠朋友段煨處，他和哥哥常入山打柴，賣掉以維持生活，每次打柴他總是帶着書本，一有空閒就拿出來誦讀，不理會人家的嘲笑，後來在學術上很有成就。附近的人請他講學，他不肯，卻對人家說：「必當先讀百遍。」又說：「讀書百遍，其義自見。」宋代哲學家朱熹說「讀書千遍」，董遇說「讀書百遍」，都是要讀許多遍的意思。不過朱熹對這句話做了補充說明，就是要讀得仔細，一絲不苟，還提出「讀書有三到，謂心到、眼到、口到。」心不到則眼不會仔細看，不專一，只是隨隨便便地讀，就記不住，記了也長久不了。

你認為讀書除了多讀及精神集中外，還應該注意甚麼？

用志不分，乃凝於神。
其痀僂丈人之謂乎！

【出處】

《莊子・達生》：

雖天地之大，萬物之多，而唯蜩翼之知。吾不反不側，不以萬物易蜩之翼，何為而不得！」孔子顧謂弟子曰：「用志不分，乃凝於神，其痀僂丈人之謂乎！」

【譯注】

　　用心而不分散，於是精神可以專注，這就是駝背長者所說的（意思）啊！

- 志：心意，心思。
- 凝：專注，凝神，精神專注。
- 痀僂：駝背。
- 丈人：對長者的尊稱。

【古文常識】

　　「乃」有幾種用法，其中一種作連詞用，相當「於是」。除本名句外，其他例子如《戰國策‧鄒忌諷齊王納諫》：「王曰：『善。』乃下令。」（齊威王說：「好。」於是發佈命令。）

　　「其」，近指代詞，相當於「這」。例如《史記‧孝文本紀》：「其歲，新垣平事覺。」（這一年新垣平欺詐的事被發覺了。）

【應用範圍】

　　本名句出於一則寓言：孔子前往楚國途中，看見一個駝背的老人用竹竿黏蟬，像撿東西般容易，就問他：「老人家，你捕蟬這麼容易，是技巧高明，還是有其他高招呢？」長者放下竹竿回答道：「我是有高招的，經過五六個月的訓練，竿頭上疊兩粒彈丸而不掉下來，捕蟬時失手就極少；疊三粒而不墜落，那麼失手的有十分之一；疊五粒而不墜落，就如同撿東西那樣了。我身子不動有如那直立的樹椿，控制自己的胳膊如同那枯枝，這時雖然天地廣大，萬物眾多，我心中卻只有蟬的翅膀，從不左顧右盼，不因任何事物而分散對蟬翼的注意力，怎能不捕到蟬呢？」於是孔子說了這句感歎的話。

　　梁啟超在《敬業與樂業》引用本句名言後說：「凡做件事，便把這件事看作我的生命，無論別的甚麼好處，到底不肯犧牲我現在做的事和它交換，我信得過我當木匠的做成一張桌子，和他們當政治家建設成一個共和國家同一價值。」

　　當前社會風氣是騎驢找馬，你認為這是胸懷大志，還是做事不夠專注呢？

好讀書，不求甚解；
每有會意，便欣然忘食。

【出處】

晉‧陶淵明《五柳先生傳》：

先生不知何許人也，亦不詳其姓字，宅邊有五柳樹，因以為號焉。閑靜少言，不慕榮利。好讀書，不求甚解；每有會意，便欣然忘食。

【譯注】

　　愛好讀書，都不求甚解；每逢有心得體會，便高興得忘記吃飯。

* 不求甚解：指讀書只求領會其精神實質而不刻意咬文嚼字，與現今多指只求懂了大概，不求深入了解不同。

* 會意：心意相通，領會其意。

【古文常識】

　　此句中的「不求甚解」，古今含義不同。前者是褒義，後者是貶義。這種情況別處也有，例如「不可一世」，原意為不能與（他）在同一時代，指才能卓絕，同一時代沒有人能比得上。如宋·羅大經《鶴林玉露·卷之五》：「王荊公（王安石），少年，不可一時士。」（王安石少年時，是這一時代最卓越的人士。）現今則為極其狂妄自大，自以為天下第一，是貶義詞。

【應用範圍】

　　「不求甚解」是一種讀書感受，這種讀書態度是和陶淵明的生活態度分不開，也與魏晉以來伴隨玄學的發展，當時盛行「得意忘言」（言詞為了達意，既得其意就不需要言語了）的思維方式密切相關。從這種思維方式出發，他的讀書態度自然與一般人的讀書態度不同：一般人讀書是為了把握書中的內容，於是不免要沿着文章的文字和結構探討其含義，力求有全面和系統的理解，所謂「甚解」即指此，而陶淵明的讀書感受則迥然有別。他的讀書不過是想在閱讀過程中獲得一些「會意」——心意相通的東西，一旦達到此地步，他便會「欣然忘食」，高興得連飯都忘記吃了。例如他讀到記載地理山川、神話傳說、珍怪博物的《山海經》、《穆天子傳》後寫的詩句：「泛覽周王傳，流觀『山海』圖」後說：「俯仰終宇宙，不樂復何如？」俯仰之間，神遊宇宙，萬物盡收眼底，有此「會意」，使他陶醉其中，歡樂無比。

你認為陶淵明的讀書態度對現今學生是否合適？

物固莫不有長，莫不有短。人亦然，故善學者，假人之長以補其短。

【出處】

《呂氏春秋‧用眾》：

善學者，若齊王之食雞也，必食其跖數千而後足；雖不足，猶若有跖。物固莫不有長，莫不有短。人亦然，故善學者，假人之長以補其短，故假人者遂有天下。

【譯注】

　　事物本來無不有長處，無不有短處。人也是這樣，所以善於學習的人，能取別人的長處來彌補自己的短處。

‧ 固：本來。

‧ 莫不有：無不有，即有。

‧ 然：這樣。

‧ 善學：善於學習。

‧ 假：借，憑藉。

【古文常識】

　　要注意古文中古今異義的現象。例如「固」，現代語多作「結實」、「牢固」解，在古文多作「本來」解。例如《漢書·司馬遷傳》：「人固有一死，或有重於泰山，或輕於鴻毛。」（人本來就有一死，有些人死得比泰山還重，有些人死得比鴻毛還輕。）

　　「然」字在古文中常作近指代詞，譯為「這樣」。例如袁枚《黃生借書說》：「非獨書為然，天下物皆然。」（不僅書籍是這樣，天下的一切事物都是這樣。）「這樣」是指代富貴人家世世代代都不愛惜書。名言中的「然」，指代「物莫不有長，莫不有短」。

【應用範圍】

　　本名句道出了一個人作常說的真理──「金無足赤，人無完人」。作者先寫善於學習的人要像齊王愛吃雞的掌一樣，不嫌其多，以博採眾長，然後講事物一定有長處，也有短處，人亦如此。因此善於學習的人，能汲取別人的長處，彌補自己的短處，能做到這點便能佔有天下。作者認為，不要把「不能」看作羞恥，也不要把「不知」看作恥辱，這才是正確的態度。即使是桀、紂尚有可敬畏可取法之處，何況是賢明的人呢？他還舉例證明論點：天下沒有純白的狐狸，卻有純白的狐裘，這是從許多白狐狸的皮中取來製成的。善於從眾人中汲取長處，這正是三皇五帝大建功名的原因。

　　這句話可以運用在學習或待人接物方面嗎？試舉例說說看。

問渠那得清如許？
為有源頭活水來！

【出處】

宋・朱熹《觀書有感》其一：

半畝方塘一鑒開，天光雲影共徘徊。問渠那得清如許？為有源頭活水來。

【譯注】

請問那池塘裏為甚麼這麼清澈呢？是因為源頭有水不斷流進來。

- 渠：它，指池塘。
- 那得：怎麼會。

【古文常識】

　　這句名言中有兩個地方語序顛倒了，一為「清如許」，應作「如許清」，即「如此清澈」，或「這麼清澈」；二為「有源頭活水來」，應是「有活水源頭來」，即有流動的水從源頭不斷流進來，所以讀古文時要注意語序的變化。

　　其他例子如岑參《磧中作》：「平沙萬里絕人煙。」（沙漠遼闊萬里，全無半點人跡。）「絕人煙」應為「人煙絕」；鄭燮《竹石》：「立根原在破巖中」（原來是在巖石縫中深深地扎根），把「原在巖石縫中」提前。

【應用範圍】

　　這是宋朝大學問家朱熹在讀書之後所寫的感想，共兩首，這是其中一首中的後兩句。前兩句「半畝方塘一鑒開，天光雲影共徘徊」，意思是半畝方形的池塘像一面鏡子打開，波光雲影在其上來來回回浮動，詩人用方塘比喻內心，它像一面明亮的鏡子反映着天光雲影。

　　朱熹是借自然界證明一個十分深刻的道理：池塘有水，惟有水清才能如鏡，才能反映變化無窮的天象。水怎樣才能清呢？是由於源頭有活水不斷補充，因此一個人要保持心地澄明，腦子清醒，能反映宇宙萬象，就必須不斷學習，不斷補充新知識。我們說人一生應該持續學習，也是這個意思。

　　現今社會發展速度之快，可謂一日千里，我們應該如何學習才能永遠保持頭腦的清醒呢？朱熹的說法，對我們又有何啟示呢？

盡信《書》，
則不如無《書》。
吾於《武成》，
取二三策而已矣。

【出處】

《孟子‧盡心下》：

盡信《書》，則不如無《書》。吾於《武成》，取二三策而已矣。仁人無敵於天下，以至仁伐至不仁，而何其血之流杵也？

【譯注】

　　完全相信《書》，那不如沒有《書》。我對於《武成》，所取不過二三頁罷了。

- 《書》：《尚書》，亦稱《書》、《書經》，儒家經典之一，中國上古歷史文件和部分追述事跡著作的彙編。相傳由孔子編選而成。

- 《武成》：《尚書》的篇名，所敍大概是周武王伐紂時的事。《武成》在東漢光武帝之際已經亡佚。今日的《尚書武成篇》是偽古文。

- 策：簡策，古代寫字用的竹片或木片。

【古文常識】

　　由於古文不用標點符號，常給閱讀帶來一些困難。以「盡信《書》，則不如無《書》」為例，這個「書」是指古書經典《尚書》（因為《尚書》亦簡稱《書》，就如《詩經》稱「詩」，不過一般人把句中的「書」字解為一般的書籍，亦通。所以讀古文時要注意這點。

　　虛詞「則」有多種用法，此句作「那麼」用，是連接詞，承接上文引進表示判斷或結果的分句。前分句常用「如果」、「既然」等連詞來配合使用，此句意為：「完全相信書，那麼不如沒有書。」「完全」之前，省略了「如果」。其他例子如《為學》：「學之，則難者亦易矣。」（〔如果〕肯去學，那麼難的也變得容易了。）

【應用範圍】

　　孟子的觀點是對書籍（包括經典著作）都不應該完全相信，因為其內容並不能保證完全正確。他懷疑《尚書・武成篇》中關於殷商末年周武王伐商紂王，在殷商都城朝歌以南約三十里的牧野展開激烈的戰鬥，直殺得「血流漂杵」（把搗米用的長木槌都漂浮起來）的記載，認為周武王率領的是仁義之師，商紂百姓痛恨紂王暴政，士兵紛紛倒戈，兵敗如山倒，周武王軍隊很快就進入朝歌，不可能有「血流漂杵」之事發生。孟子的結論是「盡信書則不如無書」。

　　人們常說「開卷有益」，孟子卻說「盡信《書》，則不如無《書》」，我們應該怎樣對待所讀的書呢？

學然後知不足，教然後知困。
知不足，然後能自反也；
知困，然後能自強也。
故曰：教學相長也。

【出處】

《禮記‧學記》：

雖有嘉肴，弗食，不知其旨也；雖有至道，弗學，不知其善也。是故學然後知不足，教然後知困。知不足，然後能自反也；知困，然後能自強也。故曰：教學相長也。

【譯注】

　　學了以後，才知道自己有不足的地方；教了以後，才知道自己有不懂的地方。知道有不足之處，然後才能反回來要求自己；知道有不足，然後才能自強不息。所以說：教和學是互相促進的。

- 困：困惑，不理解。
- 自反：反省自己。
- 相長：互相促進，一起成長。

【古文常識】

　　在古文中賓語前置的情況常見，如「自反」就是「反自」，反省自己。如彭端淑《為學》：「富者曰：子何恃以往？」（有錢的和尚説：「你想憑藉甚麼去？」）「何恃」就是「恃何」的倒置，「何」是賓語。

　　「也」字在古文是常用的虛詞，其中一種是作語氣詞，表示判斷、肯定之用，不一定譯出。名句中三個「也」，前兩個是肯定句，最後一個是判斷句。又如《愚公移山》：「子子孫孫，無窮匱也。」（子子孫孫，是沒有窮盡的）是肯定句；《史記·陳涉世家》：「陳勝者，陽城人也。」（陳勝是陽城人）是判斷句。

【應用範圍】

　　本名句的關鍵句是「教學相長」，這話不單是本段文字的總結句，也是最著名的一句，尤其對於教育工作者而言。這段話一開始就用比喻説明學習的重要性：如果你不學習，雖然有最好的道理，你也無法明白，就像有佳肴當前，你也品嘗不出美味；然後指出只有你學習，才知道自己的不足，因為學海無涯；同時指出教學之後，才知道自己有不懂之處。確是如此，有教學經驗的老師都知道，平常自己以為已掌握好的教材，等到向學生講解時才發現並非全懂，以致未能講解明白，這能使教者自省而自強不息。可見「教學相長」是永恆的真理。

　　你體會到「學然後知不足」這句話嗎？你曾否教導過任何人（包括家中弟妹）？「教然後知困」對嗎？何以見得？

雖有天下易生之物也，一日暴之，十日寒之，未有能生者也。

【出處】

《孟子·告子上》：

孟子曰：「無或乎王之不智也。雖有天下易生之物也，一日暴之，十日寒之，未有能生者也。吾見亦罕矣，吾退而寒之者至矣。吾如有萌焉何哉？」

【譯注】

　　縱使有一種天下最容易生長的植物，曬它一天，凍它十天，也沒有能夠再生長的。

　　◦ 雖：即使。

　　◦ 暴：同「曝」，曬，陽光強烈地照射。

【古文常識】

「雖」，此句不作「雖然」解，而解作「即使」，要從上下文看，例如《墨子‧公輸》：「雖殺臣，不能絕也。」（即使殺了我，也不能中斷〔他們的守禦〕。）

注意句中「寒」是詞類活用，是形容詞作動詞用。「寒之」即冷凍它，古文中這種情況常有。例如晁錯《論貴貯疏》：「故俗之所貴，主之所賤也；吏之所卑，法之所尊也。」（所以一般人認為高貴的人，正是君主認為卑賤的人；一般官吏卑視的人，正是法律尊重的人。）

句中三個「之」字，第一個相當於「的」，是結構助詞。「易生之物」意為容易生長的東西。第二、三個作代詞，指代「易生之物」。「暴之」、「寒之」，意為曬它，凍它。

【應用範圍】

孟子說這番話，主要針對當時有人認為齊王管理不好國事的原因是資質欠佳，但他認為不是齊王不聰明，而是自己對齊王幫助的次數太少。孟子偶然見一次，退身出來時，那些阻礙齊王接受自己主張的諂佞小人就到了，於是對他的好影響的萌芽就枯萎了。孟子舉了一個例子：弈秋是全國最好的棋手，假使讓他教授兩個人下棋，一個人專心一意，只聽弈秋的講授；另一個雖然聽着，心裏卻以為有一隻天鵝快要飛來，想拿起弓箭去射牠。因此，兩個人一起學習，後者卻不如人家，是他的智能不如前者嗎？不是，是他不如人家專心一意。只有專心一意，才會心無旁騖，持之以恆。不但學習如此，做事也是如此。

你學習某樣東西時，有沒有一暴十寒的現象？結果如何？

第二章

處世篇

千里之行，
始於足下。

【出處】

《老子‧第六十四章》：

其安易持，其未兆易謀，其脆易泮，其微易散。為之於未有，治之於未亂。合抱之木，生於毫末；九層之台，起於累土；千里之行，始於足下。

【譯注】

　　千里的行程，是從腳下一步步走出來的。

- 累：盛土籠。粵音雷。累土，一籠籠的土。
- 行：行程。
- 足下：腳下，指起步的地方。

【古文常識】

　　「於」，介詞，在句中作引述動作的起始地點或施動之處，相當於「從」、「由」。例如《孟子·滕文公下》：「救民於水火之中，取其殘而已矣。」（把百姓從水火中解救出來，殺掉殘暴的君主罷了。）

　　「始於足下」，即從腳底下（起步的地方）開始。

【應用範圍】

　　在《老子·第六十三章》中云：「圖難於其易，為大於其細。」（考慮做難事時，先從容易地方做起；做大事時，先從細微地方做起。）因為事物的變化都是從量的變化到質的變化的過程，所有事物無一不是由小到大，由簡單到複雜，逐步累積而成的。這就啟示我們，做任何事情都要循序漸進，不可希圖一蹴而就。他舉例說：合抱的大樹，是從萌芽成長起來的，九層的高塔是從一堆堆泥土構築起來的；千里的行程，是由一步步走出來的。不但要注意開始，也要注意即將終結之時，要「慎終如始」，在事情快要完成的時候，必要像開始一樣謹慎小心，否則將「幾成而敗之」，落得功虧一簣的敗績。

　　我們常聽人說，好的開始就是成功的一半，開始時要謹慎，考慮好下面的每一個步驟，要考慮到可能碰到的困難以及解決的辦法。行動要堅定，計劃要周密，像《愚公移山》中的愚公那樣，說做就去做，第二天就帶領兒兒孫孫扛着鋤頭，挑着扁擔，到山邊挖土，而且還計劃世世代代挖下去，直到把山挖平了為止。

此名句適用於審視當今青少年行事存在的問題。

大凡君子與君子，以同道為朋；小人與小人，以同利為朋；此自然之理也。

【出處】

宋·歐陽修《小人無朋》：

大凡君子與君子，以同道為朋；小人與小人，以同利為朋；此自然之理也。然臣謂小人無朋，惟君子則有之。

【譯注】

　　一般說來，君子和君子之間，認為道義一致是朋友；小人與小人之間，認為利益相同的人是朋友，這是自然的道理。

- 大凡：用於句首，表示總括，一般說來。
- 君子：品格高尚的人。
- 同道：志趣相同。
- 小人：人格低下的人。

【古文常識】

　　在古文中「以……為」是固定結構，是以「以為」之間插入別的詞語。「以」是介詞，「為」是動詞，可以用來表示對人的看法或判斷，可譯為「認為……是」、「把……當作」等，名句就是「認為……是」的用法。其他例子如《史記・張儀列傳》:「王以其言為然。」（王認為他的話是對的。）

【應用範圍】

　　本名句的作者是宋代文學家歐陽修，他把朋友分成兩種：一種是志同道合，因為共同的志向、共同的理想、共同的抱負相結合，成為好朋友；一種是以利益為前提，整天一起吃喝玩樂的狐朋狗友。作者把朋友的定義限制得非常狹窄。他說小人沒有朋友，只有君子才有，並闡釋道：小人所喜愛的是祿位和私利，所貪求的是金錢和物品，當他們利益一致的時候，暫時互相拉攏結成私黨，用這種方式結成朋友的，都不是真心誠意，是虛假的，等到他們見到利益，就會翻臉互相殘害，即使是他們的兄弟親戚，也不會互相保護。君子則不然，他們所堅持的是道義，所奉行的是忠信，所珍惜的是名譽氣節。用這些提高自己的品德修養，就因志同道合而互相受益，以此為國家服務，會因齊心協力使事業成功，由於目標一致，他們的友誼始終如一，堅持到底。

你為甚麼要交朋友？交朋友的原則是甚麼？

子曰：
「群居終日，言不及義，
好行小慧。難矣哉！」

【出處】

《論語·衛靈公》。

【譯注】

　　孔子說：「一群人整天聚集在一起，說的話都全不合乎道理，只喜歡賣弄小聰明，這種人真難教導啊！」

　• 群居：一群人整天聚集在一起。

　• 不及義：不接觸到義（合宜的道德、行為或道理）。

【古文常識】

　　「居」，此詞在句子不作「居住」解，而是由此引申為聚集在一起。整句是倒裝句，正常詞序，應為「終日群居」（整日聚集在一起）。「終日」是修飾「群居」的，作狀語（修飾形容詞或動詞）用，「群居」是動詞。我們常說：「飽食終日，無所用心。」（整天吃飽飯，不動腦筋，甚麼事也不幹。）其中「飽食終日」，即「終日飽食」的倒裝句。

　　「不及」，這裏不像語體文中的「達不到」，而是不接觸到，語譯則是：「沒有一句話是正經的」，即說一些無聊、無意義的話。

【應用範圍】

　　孔子這幾句話是幾千年前說的，但是在本港迄今仍具有現實意義，我們可以看到有些地方某些青少年「飽食終日，無所用心」，除了上學（有時甚至不上學，也不回家溫習功課），只是找一些豬朋狗友聚集在一個角落裏，不管影響不影響他人，高聲喧嘩，講一些烏七八糟的話，還得意洋洋，自以為是十分聰明的人。對於這類人，孔子認為他們難以教導，意思是無可救藥，其中「難以哉」就是這個意思。也有人認為是說這種人難有成就。

　　對於名句中所說的這類人，你認為孔子的說法對嗎？我們應該怎麼對待才是？

　　該及人生態度的題目可引用本名言。

夫以人言善我，
必以人言罪我。

【出處】

《韓非子‧説林上》：

魯丹三説中山之君而不受也，因散五十金，事其左右，復見，未語，而君與之食。魯丹出而不反舍，遂去中山。其御曰：「反見，乃始善我，何故去之？」魯丹曰：「夫以人言善我，必以人言罪我。」未出境，而公子惡之曰：「為趙來間中山。」君因索而罪之。

【譯注】

　　國君因為聽信別人的話善待我，將來也會因為別人的話降罪我。

* 善：善待，友好。
* 罪：怪罪，降罪。

【古文常識】

「夫」,古文中常見的語氣助詞,放在句首表示提示語氣,表示下文要發表議論,因此又稱為「發語詞」。例如《左傳‧莊公十年》:「夫戰,勇氣也。」(打仗,是靠勇氣的。)「夫」就是提示後面的文字。本名句中「夫」字則提示「以人言善我,必以人言罪我」的道理。

注意名句中「以」是原因介詞,可譯為「因為」。又例《論語‧衛靈公》:「君子不以言舉人,不以人廢言。」(君子不因為有些人的話說得好聽就推舉他,也不因為有些人有缺點就廢棄他的言論。)

形容詞或名詞作動詞用為古文所常見,名句中的「善」(形容詞)作「善待」;「罪」(名詞)作「降罪」就是。

【應用範圍】

本名言是說一個人如果不經過深入了解,只是聽別人的話判定他的好壞,並決定自己對他的態度,是不可靠的,而且非常危險,尤其對一國之主而言。韓非說了一個故事:魯丹三次游說中山國國君不被採納,於是他分發五十鎰黃金賄賂國君左右親近的人,因此國君接見了他,還請他一起吃飯,但魯丹出宮後沒有回賓館,反而離開了中山國。車伕問他國君剛對他友善,為甚麼反而要離開,魯丹說:「國君因為聽別人的話才善待我,將來也會因為別人的話而降罪於我。」魯丹尚未出國境,中山國已有人中傷他,說他是趙國的間諜,國君也下令逮捕他了。

你會因為別人的評價而對待朋友嗎?論及如何對待朋友時可引用本句。

太山不讓土壤，故能成其大；
河海不擇細流，故能就其深。

【出處】

秦‧李斯《諫逐客書》：

臣聞地廣者粟多，國大者人眾，兵彊者士勇。是以太山不讓土壤，故
能成其大；河海不擇細流，故能就其深。王者不卻眾庶，故能明其德。

【譯注】

　　泰山不拒絕小小的泥土，所以能形成它的高峻；河海不捨棄涓涓
的細流，故此能匯成它的深廣。

* 太山：即泰山，在今山東。
* 讓：辭退、拒絕。
* 擇：捨棄。

【古文常識】

　　古文中常有借彼字代此字的現象，即通假現象，這是因為上古字少詞多，以有限的字數記錄極為豐富的語言中的詞，必然產生供不應求的矛盾，遂產生了通假的辦法；另一個原因是寫書或抄書的人因一時筆誤（等於寫錯別字），後來相沿下來，得到社會的承認，或者由於地方習慣，寫成另一個字。本名句中有兩個通假字，即太山的「太」，通「泰」，即通稱的泰山；不擇的「擇」，通「釋」，作捨棄解。

【應用範圍】

　　戰國時代，一個國家的人到另一個國家做官（客卿）乃普遍現象，當時秦國宗室借韓國派水工修灌溉渠道，陰謀消耗力量這一事件，請秦王驅逐一切客卿。李斯（？－前208年）當然也在被驅逐之列，於是他給秦王嬴政上了一奏章，諫秦王不要驅逐客卿。他以秦國歷史上四位國君重用客卿對秦國有利的歷史事實，又用現實中秦王喜好和享用的女色、音樂，珍寶都是從其他諸侯國運來的情況為例，然後舉出上述「泰山」、「河海」兩個比喻，推出「王者不卻庶眾，故能明其德」（國君不能拒絕所有的民眾百姓，所以能顯示其恩德）的結論。後來這兩句話用以比喻一個人或一個社會群體應該寬宏大量，能容納各種不同的人共事，糅合不同意見實施，才能管理好一個社會群體，把事情做得更好，使自己壯大起來。

　　你認為香港政府能否做到「不讓土壤」、「不擇細流」呢？
　　對個人來說，這句名言有沒有實際意義？

水至清則無魚，
人至察則無徒。

【出處】

《孔子家語‧入官》：

古者聖主冕而前旒，所以蔽明也；紘紞充耳，所以掩聰也；水至清則無魚，人至察則無徒。

【譯注】

水太清澈魚兒就無法生存；人觀察事物太透徹就沒有徒眾跟從。

* 至清：太清澈。至：太，最。
* 至察：觀察得太透徹，或觀察力太敏銳。
* 徒：徒眾，群眾。

【古文常識】

　　「至」是副詞，意為太、極，如「至清」，即太清澈。但「至察」，就不能譯為太觀察，而是指觀察事物太透徹，它的意思要隨後面的詞來引申。例如「至交」，即最相好的朋友。《南史·孔遜傳》：「遜好典故學，與王儉至交。」（喜好典制和掌故的學問，與王儉是最相好的朋友。）又如「至言」，即深切中肯的言論。《後漢書·蔡邕傳》：「臣聞國之將興，至言數聞。」（我聽說國家將要興盛，深切中肯的言論會經常聽到。）所以對於一個詞，即要知道它的原意，也要推斷它的引申義。

　　名句中「則」是虛詞，有多種用法，此句作承接連詞用，相當於「就」。例如《列子·兩小兒辯日》：「日初出大如車蓋；及日中則如盤盂。」（太陽初升大得如車蓋，到了正午就如盤子和水盂。）

【應用範圍】

　　弟子問孔子為官的清廉與明察應如何處理，孔子先以聖明的君主所戴冠冕上的飾物為例引入話題，說冠冕前面懸掛的玉串，是用來遮蔽視線的，兩旁有繫領的帽帶和戴在耳垂上的玉，都是用來充塞聽覺的，以此說明若水太清澈，魚兒會失去了掩蔽，容易被人發覺而捕到；人如果太敏銳，容不得別人工作一點失誤，那還有敢跟他在一起呢？孔子說的是一個講究仁愛的執政者，對於犯有小罪的人，就要找出他好的方面，赦免他。犯有大罪的人，用仁愛的心輔導教化他們。如果犯有死罪，也能夠給他們一條生路。「至察」並非不要明察事理，而是抱着與人為善，治病救人的態度，處理事情要「情」「理」兼顧。

　　　　一個人如何才能做到明察事理又能心懷仁德？試舉實例說明。

世之聽者，多有所尤。
多有所尤，則聽必悖矣。

【出處】

《呂氏春秋‧去尤》：

世之聽者，多有所尤。多有所尤，則聽必悖矣。所以尤者多故，其要必因人所喜，與因人所惡。東面望者不見西牆，南鄉視者不睹北方，意有所在也。

【譯注】

　　世間的聆聽者，往往有許多局限。往往有許多局限，那麼聽到的內容一定有謬誤。

* 尤：通「囿」，拘限。
* 悖：悖謬，錯誤，不合情理。

【古文常識】

　　「尢」是尤的通假字。在文言閱讀中常遇到借彼字代此字的現象，這就是通假現象，乃是因為上古字少詞多，以有限的字數記錄豐富的語言中的詞，就必產生供不應求的現象，因此除了逐漸創造一些新的形體的字外，也產生了通假現象。例如《聊齋誌異・促織》：「成反覆自念。」（成名翻來覆去地思量。）「反」通「翻」。

　　此外，要注意前後兩個「聽」的用法，第一個是動詞，「聆聽」、「聽聞」解；第二個是名詞，指聽的內容。

【應用範圍】

　　本名句旨在說明要去除思想上的局限，兼顧多面觀察，才能正確認識事物。受局限的原因很多，其關鍵在於人有所喜愛、有所憎惡。面向東邊的人，看不見西面的牆，朝南看的人望不見北方，這是因為心意專注於一方。作者用了一個寓言闡釋：有一個丟了斧頭的人，猜疑是鄰居的兒子偷的，看他走路的樣子，看他的臉色，聽他說話，沒有一樣不像偷斧頭的。後來這個人挖坑的時候，找到了斧頭。過了幾天，他又看到鄰居的兒子，舉止神態沒有一樣像偷了斧頭的。鄰居的兒子沒有改變，他自己卻改變了。改變的原因不是別的，是因為自己有所局限，常為偏見蒙蔽所致。

　　一個人必須擺脫片面而全面地看問題，才能把事情做好，對待人也是如此，不要只看人的缺點而否定一個人，對人對事都要「一分為二」，從正面反面去看，才能正確評價一個人。

聆聽他人說話時要注意甚麼？可運用本名句加以說明。

以容取人，則失之子羽；
以辭取人，則失之宰予。

【出處】

《孔子家語‧子路初見》：

澹台子羽有君子之容，而行不勝其貌；宰我有文雅之辭，而智不克其辯。孔子曰：「里語云：『相馬以輿，相士以居，弗可廢矣。』以容取人，則失之子羽；以辭取人，則失之宰予。」

【譯注】

　　以容貌選取人，就會看錯像澹台子羽這樣的人；以言辭選用人，就會看錯像宰予這樣的人。

- 子羽：澹台子羽，孔子的弟子。
- 失：錯失誤用。
- 宰予：孔子的弟子。

【古文常識】

　　讀一個句子時，不只要理解句中詞語的本意，還要根據前後語理解其引申義。例如「黑」，本義是煙熏的黑色，由黑色引申為黑暗，沒有光亮。名句中的「取」，本意為拿，引申為選取；「失」原意為失掉、丟失，引申為失誤、看錯。知道這點，對讀古文會有幫助。

　　注意「之」的用法：在本句中「之」只是起調整音節的作用，無意義，譯時可省去。其他例子如韓愈《馬説》：「鳴之而不能通其意。」（鳴叫卻不能明白牠的意思。）句中的「之」字無意義。

【應用範圍】

　　《史記‧仲尼弟子列傳》記載：澹台子羽相貌醜陋，想師從孔子，孔子憑相貌認為他資質低下。受業後，他努力提高自己，不走旁門邪道，不熱衷名利。後來澹台子羽回鄉時，跟隨他的弟子三百人之多，他的行為沒有缺失，名聞於諸侯。孔子知道後，説：「我以貌取人，看錯了澹台子羽。」他還説：「我以言辭取人，看錯了宰予。」宰予這個學生，照《列傳》記載，口齒伶俐，善於辯論，但是品德很差。孔子曾因宰予白天睡覺，批評他是腐爛的木頭，不能雕刻，又像糞土似的不能粉刷。孔子認為宰予使他認識到對人不可「聽其言而信其行」，而要「聽其言而觀其行」。本名言《孔子家語》與《史記》所載資料不同，但其主旨「不可以貌和言辭取人」則是相同的。

一般人多以貌或以言辭取人，你呢？這樣做有何負面效果？

以銅為鑒，可正衣冠；
以古為鑒，可知興替；
以人為鑒，可明得失。

【出處】

《新唐書‧魏徵傳》：

（唐太宗）歎曰：「以銅為鑒，可正衣冠；以古為鑒，可知興替；以人為鑒，可明得失。朕嘗保此三鑒，內防己過。今魏徵逝，一鑒亡矣！」

【譯注】

　　用銅做鏡子，可以端正衣帽；用往事做鏡子，可以了解王朝的興衰；用人做鏡子，可以明白所得和所失。

- 鑒：鏡子（古代用銅製成）。
- 正：端正。
- 興替：興衰，興廢。替：衰敗。
- 得失：得到的和失去的，成功和失敗（的原因）。

【古文常識】

　　「正」是形容詞，在此名言中具有使動作用，即「使……正」。其他例子如《孔子家語·六本》：「良藥苦口而利於病」，「苦」是形容詞，作「使……苦」解。

　　「替」，現代語多作介詞，相當於「為」，例如：我替（為）你高興。「替」在金文中，上一部分表示屠宰後的兩個祭牲，下半部分是容器，會意容器中存放有祭牲，表示廢置，引申為衰敗，名句中更引申為朝代的替換。又如「致」字，甲骨文是「從人，從至」，表示人送達，即達到，實現，如「學以致用」（把學習的知識應用到實際）；又引申為獲得，如袁枚《黃生借書說》：「余幼好書，家貧難致。」（我幼年喜歡讀書，家貧窮難以得到。）因此讀古文要注意詞的引申義。

【應用範圍】

　　在中國幾千年漫長的專制獨裁人治社會中，臣子敢於進諫，帝王虛心納諫的做法，為人們所稱頌。《孔子家語·六本》中指出：周武王和商湯就因為能做到上述兩點，所以國家昌盛，否則像夏桀、商紂就因為做不到而國家敗亡。唐太宗繼承並發展了孔子的納諫思想，指出用銅做鏡子，可以端正衣裳；用歷史做鏡子，可以了解各個王朝興衰的原因，作為當朝施政的參考；最後說明用人做鏡子，透過他人的評價，可以明白自己的優缺點。唐太宗稱自己保有這三方面鏡子，可以慎防自己的過失。對於魏徵的逝世，少了一面鏡子而感到遺憾萬分。本名言不但適用於帝王，也適用於一般人，常為人所引用。

你喜歡別人對你正面評價，還是反面評價？為甚麼？

外舉不避仇，
　　內舉不避子。

【出處】

《韓非子・外儲說左下》：

中牟無令，晉平公問趙武曰：「中牟，三國之股肱，邯鄲之肩髀，寡人欲得其良令也，誰使而可？」武曰：「邢伯子可。」公曰：「非子之讎也？」曰：「私讎不入公門。」公又問曰：「中府之令誰使而可？」曰：「臣子可。」故曰：「外舉不避仇，內舉不避子。」趙武所薦四十六人，及武死，各就賓位，其無私德若此也。

【譯注】

　　推薦外人時不迴避自己的仇人，推薦自己人時不迴避自己的至親。

- 外：外人。
- 內：自己人。
- 舉：舉薦，推薦（作官）。

【古文常識】

　　漢語的語法特點是重語序（又稱詞序），所謂語序是指句子各個成分排列的先後次序。漢語句子成分的排列有一定排序，即主語在前，謂語在後。例如：「我用功讀書」，「我」是主語，「用功讀書」是謂語。動詞謂語在賓語前，在主語後。例如「我」在「用功讀書」前，「用功讀書」在「我」之後。在古文中，改為「吾勤讀」，語序並未變。因此本名言中，「外舉」與「內舉」語序是顛倒的，即應是「舉外」（舉薦外人）與「舉內」（舉薦自己人）。

【應用範圍】

　　《韓非子》的作者韓非（約前 280－前 223 年）是戰國末期哲學家，法家主要代表。本名言是春秋時晉國的大臣趙武說的，當時中牟（今河南中牟縣東）這個地方缺少一個縣令，晉平公問趙武說，中牟這個地方非常重要，我想派一個好的縣令去治理，你說派誰去好？」趙武說：「邢伯子能勝任。」平公說：「邢伯子不是你的仇人嗎？」趙武說：「不錯，但是私人的仇怨不能帶到公事中去。」晉平公又問：「內庫缺少一個掌管者，派誰去呢？」趙武說：「這個職位我的兒子合適。」韓非很是讚賞趙武的這種「外舉不避仇，內舉不避子」的行動，認為這是為官的應有之道。

　　這句名言還適用於現今的社會嗎？
　　過去有執政者曾說「親疏有別」，對嗎？

君子之交淡若水，
小人之交甘若醴；
君子淡以親，小人甘以絕。
彼無故以合者，則無故以離。

【出處】

《莊子‧山木》：

夫以利合者，迫窮禍患害相棄也；以天屬者，迫窮禍患害相收也。夫相收之與相棄亦遠矣。且君子之交淡若水，小人之交甘若醴；君子淡以親，小人甘以絕。彼無故以合者，則無故以離。

【譯注】

　　君子之間的友誼有如淨水一樣清淡，小人之間的友情彷彿甜一般的甘美。君子交往清淡因而更為親密，小人交往甘美因而容易斷絕。那些無緣無故結合的，就會無緣無故分離。

- 君子：有德行的人。
- 淡：清淡，指友誼平淡自然。
- 醴：甜酒。

【古文常識】

　　名句中的前兩個「以」與後兩個「以」字的用法不同，前者相當於「因此」，連接前後兩項，後項是前項的結果。例如《呂氏春秋·審己》：「余不聽豫之言以罹此難也。」（我不聽從豫的話，因此遭遇此災難。）在「淡以親」、「甘以絕」中「親」（親密）是「淡」（交往清淡）的結果，「絕」是「甘」（交往甘甜）的結果。後兩個「以」字則是修飾連詞，一般不譯。例如《孟子·離婁》：「幸而得之，坐以待旦。」（幸而有收穫，便坐着等待天明。）所以名句中後兩個「以」字，在語譯中都不譯。

【應用範圍】

　　本名句的背景是這樣的：孔子問弟子桑季：「我在宋、衛、商周等國都遭到災難，為甚麼親戚朋友更加疏遠，學生更加離散？」桑季說：「過去假國有個叫林回的人，他丟掉價值千斤的璧玉，卻背着嬰兒逃亡，有人問林回，嬰兒是不值錢的，而且在逃亡時十分累贅，你為甚麼捨璧玉而背嬰兒呢？」林回答道：「愛惜璧玉是與利益相結合，愛護嬰兒則是靠天理相結合，憑藉利益相結合的，在窮困禍患到來時便相互背棄；依靠天理相結合的，在窮困禍患來臨時便相結合。」他認為君子的交往是與正義相結合的，所以表面上看清淡如水，卻十分親密，但小人的交往是與利益相結合的，所以表面看起來很緊密，但最終是互相背離的。

你交朋友的原則是甚麼？參考名言把它寫出來。

所向無空闊，真堪托死生。
驍騰有如此，萬里可橫行。

【出處】

唐‧杜甫《房兵曹胡馬詩》：

胡馬大宛名，鋒稜瘦骨成。竹批雙耳峻，風入四蹄輕。所向無空闊，真堪托死生。驍騰有如此，萬里可橫行。

【譯注】

所奔跑到的地方都空曠遼闊，如履平地，真可以把生命托付於牠。

* 無空闊：沒有甚麼空闊的地方，指溪澗坎坷，但它沒有跨不過去的，即所到之處如履平地。
* 堪：可以，能夠。
* 托死生：把生死（即生命）托付給牠，說明馬值得信賴。
* 驍騰：勇往奔騰。

【古文常識】

　　「空闊」，本來是形容詞，在這裏作名詞用，指山谷，坎坷不平地。這種用法又如：「人生芳穢有千載。」（一個人的聲名香或臭，會流傳千年。）「芳穢」本來是形容詞「芳香醜惡」，此句變為名詞「香名惡名」。

　　「橫行」，在句中意為縱橫馳騁，是褒義，現今是貶義，指依仗權勢幹壞事，如橫行霸道、橫行不法，海盜在江西上橫行。古今語義不同在古文中經常出現，如杜甫《春望》：「烽火連三月，家書抵萬金。」（戰爭已連續了好幾個月，收到家信，真比得到萬金還要高興。）「書」，就是現在的「信」。

【應用範圍】

　　這是一首歌詠馬的詩。「胡馬」，泛指當時西北邊疆地區出產的馬。大宛是西域國名，其地在今烏茲別克斯坦境內，出產良馬，尤以汗血馬為著名。詩首四句寫牠的產地，馬的形狀瘦而有神，兩耳像削過的竹筒似的，雙耳尖尖，奔跑時四蹄輕快像有風貫入；後四句寫馬的品質——勇猛而且忠誠：主人騎着牠可以縱橫馳騁疆場，為國家建立功勳。在戰爭中牠還可以使主人脫離險境，主人已把生死托付給牠。

　　在動物中狗和馬是人類的好朋友，我們曾經讀到在戰場上主人受傷，馬把主人托在馬背上，帶到安全的地方的記載，令人感動。你對馬有哪些認識？在香港，人和馬有甚麼密切的關係？

抽刀斷水水更流，舉杯消愁愁更愁。人生在世不稱意，明朝散髮弄扁舟。

【出處】

唐‧李白《陪侍御叔華登樓歌》/《宣州謝朓樓餞別校書叔雲》：

棄我去者，昨日之日不可留；亂我心者，今日之日多煩憂。長風萬里送秋雁，對此可以酣高樓。蓬萊文章建安骨，中間小謝又清發。俱懷逸興壯思飛，欲上青天攬明月。抽刀斷水水更流，舉杯消愁愁更愁。人生在世不稱意，明朝散髮弄扁舟。

【譯注】

　　抽出刀來砍斷水，想使水停止流動，水卻流得更為湍急；舉起酒杯來喝酒，想使愁消失，愁卻變得更為強烈。人生在世既然如此不能稱心如意，倒不如明天就披頭散髮，駕一葉扁舟浪跡江湖。

- 散髮：披頭散髮。表示狂放不羈。
- 弄扁舟：駕着小舟浪跡江湖，意為過自由自在的生活。扁，粵音偏。

【古文常識】

　　名句中第一句的「水更流」和第二句的「愁更愁」，使用了頂真修辭法。頂真是語句結構中的一種格式，作為辭格的頂真，是指前一句的結尾詞語，緊接着做了後一句的開頭詞語的那種頭尾相「連」的格式，又稱「頂針」、「聯珠」。它的作用是使句子結構嚴密，上下銜接，語勢貫通，音律優美。本名言之所以如此膾炙人口，被人廣泛利用，其中比喻的獨創性固然是重要因素，也與頂真句的運用表現出詩人連綿不絕、無法排遣的愁恨分不開。

　　古詩中頂真修辭法經常被運用，例如辛棄疾《西江月》：「而今何事最相宜？宜醉、宜遊、宜睡。」（如今甚麼事對我最為適宜呢？是醉酒、是遊樂、是睡覺。）句中表現了辛棄疾在無可奈何之中閑放的生活狀態。

【應用範圍】

　　《登樓歌》是李白遊覽宣城（今安徽宣城縣）陪族叔李華（即侍御叔華）登謝朓樓飲宴時所作，詩中主要抒發了詩人壯志未酬、懷才不遇的鬱鬱情懷。首二句也非常有名，說每一天都深感日月不居，時光難駐，心煩意亂，憂憤鬱悒。而最後「抽刀」四句，先寫詩人力圖擺脫精神苦悶而不可得，無奈之際只好學春秋時越國范蠡在輔佐勾踐打敗吳王夫差復國後，「乃駕扁舟浮於江湖」，以此說明不慕榮華高貴，希望過無拘無束的歸隱生活。

　　讀了名句，你對李白的性格有甚麼看法？是正面還是負面的？

恃人不如自恃也，明於人之為己者，不如己之自為也。

【出處】

《韓非子‧外儲說右下》：

此明夫恃人不如自恃也，明於人之為己者，不如己之自為也。

【譯注】

　　依靠人不如靠自己，別人為自己不如自己為自己。

- 恃：依靠。
- 自恃：自己靠自己。
- 人：別人。
- 自為：自己為自己。

【古文常識】

　　在現代語中，一般是動詞在前，賓語在後，而古文中常有動賓倒置現象，即賓語在前，動詞在後。如「自恃」，即「恃自」，依靠自己；「自為」，即「為自」，為自己。又如《墨子‧耕柱第四十六》：「我將驅上太行，駕驥與牛，子將誰驅？」（我將要上太行山，乘坐快馬或牛，你將鞭策哪一個呢？）「誰驅」，即「驅誰」的倒置。

　　注意名句中兩個「之」的用法：都是助詞，用在主謂短語的主語和謂語之間，取消句子的獨立性，可不譯。其他例子如《孟子‧梁惠王下》：「王之好樂甚。」（大王非常愛好音樂。）「之」，不譯。

　　「者……也」，表示是判斷句，判斷讓別人為自己，不如自己為自己來得可靠。又如韓愈《師說》：「師者，所以傳道、受業、解惑也。」（老師，是傳授道理，講授學業，解釋疑難的。）

【應用範圍】

　　本名句的主旨，我們理解為：人要依靠自己完成事業，不可有依賴的思想，與韓非的原意略有不同。韓非講了一個故事：魯國宰相公儀休喜歡吃魚，魯國人都爭相買魚進獻，他都拒絕了。弟弟問他為甚麼，他說：如果我收了魚，他日就必須遷就他們的請求，這將違背法令，會被免官，此後魚無人送，自己又買不起，倒不如長保官職而自給魚。這個道理很明顯，但是貪官污吏卻不想潔身自好、奉公守法，而是想透過貪贓枉法、竊取別人的財富而自肥。

試從學習和日常生活中找出事例說明名句的正確性。

染於蒼則蒼，染於黃則黃，所入者變，其色亦變。

【出處】

《墨子・所染第三》：

子墨子言見染絲者而歎，曰：「染於蒼則蒼，染於黃則黃，所入者變，其色亦變，五入必而已則為五色矣，故染不可不慎也。」

【譯注】

　　（素絲）染上青便成為青色，染上黃變成為黃色，所進入染缸不同，它們的顏色也會產生不同的變化。

【古文常識】

　　「於」，被動介詞，介紹行為的主動者，可譯為「被」，名句中「染於蒼」就是說「（素絲）被青染上」。

　　「則」，承接連詞，用來連接「則」前面的原因或修飾與它後面的結果，譯為「就」、「便」。例如《後漢書·張衡傳》：「如有地動，尊則振龍。」（假如有地震，尊〔古代青銅製的器皿〕上的龍就會振動起來。）名句中的「則」，把「染於蒼」與「蒼」連接起來，表示後者是前者的結果。

　　「者」在古代漢語中是個特別代詞，可以代人、代事、代物，譯為「……的人」、「……的事物」。例如《史記·陳涉世家》：「卜者，知其指意。」（占卜的人知道他們的意圖。）名句中「所入者」的「者」是「……的器具（染缸）」之意。

【應用範圍】

　　本名句是墨子看到染絲的人染絲後有感而發的，他認為絲是素白的，染上甚麼顏色就變成甚麼顏色，因此放入染缸前要特別謹慎，還由此推論到臣子對君王薰染的重要，舉了舜禹、商湯、周武王這幾個賢君，由於受到賢臣的薰染，所以能統一天下，功業蓋世；而夏桀、商紂、周厲王、周幽王受到奸臣的薰染，終至國破身死，為天下笑。對讀書人來說，交到仁義的朋友，就對自己的事業大有裨益。墨子把交友的重要性提高到個人和國家的命運的水平來看，比「近朱者赤，近墨者黑」更發人深省。

你有沒有親身體會到好朋友或壞朋友對你的巨大影響？

欲利而身，
　　先利而君；
欲富而家，
　　先富而國。

【出處】

《韓非子·外儲說右下》：

田鮪教其子田章曰：「欲利而身，先利而君；欲富而家，先富而國。」

【譯注】

　　想要使你自己得到利益，先要使你的君主得到利益，想要使你的家庭富有，先要使你的國家富有。

- 而：你，你的。
- 身：自身，自己。

【古文常識】

　　「而」，在語體文中，只作虛詞，主要作連詞用，在古文中也是如此，但多了一種用法，即作代詞——你、你們、你的、你們的。例如《左傳‧定公十四年》：「夫差，而忘越王之殺而父乎？」（夫差，你忘記了越王殺你的父親了嗎？）前一個「而」指的是「你」，後一個「而」指「你的」。這幾句名言中的「而」字都作「你的」解。

　　句中的「利」、「富」是形容詞，句中作動詞用，是使動用法：「利而身」、「利而君」、「富而家」、「富而國」，即「使你的自身得到利益」、「使你的國君得到利益」、「使你的家庭富有」、「使你的國家豐裕」。

【應用範圍】

　　在封建專制社會裏，國君經常是代表國家的，其利益與百姓利益分不開，君主的英明與否常影響百姓的幸與不幸。岳飛《滿江紅》中的「靖康恥，猶未雪」一句，「靖康恥」指的是北宋滅亡的恥辱，靖康元年（1126 年），金兵攻破汴京（今河南開封），次年擄徽、欽二帝北去。「靖康恥」代表國家的恥辱和不幸，也是宋朝老百姓的恥辱和不幸。

　　本名句説明了個人與國君、家庭與國家的關係，孰先孰後；其中肯定國君利益先於百姓個人利益，國家富裕先於百姓家庭富裕。

　　你同意上述看法嗎？結合香港和國家的具體現實，談談你的看法。

勝敗兵家事不期，
包羞忍恥是男兒。
江東子弟多才俊，
卷土重來未可知。

【出處】

唐・杜牧《題烏江亭》。

【譯注】

　　勝敗這種事情對軍事家來說是不可預料的，能夠忍受羞恥才是好男兒；江東的子弟有許多才能出眾的人，現在雖然失敗了，能否捲土重來尚未可知呢。

- 兵家：帶兵打仗的人。古代軍事家的通稱。
- 不期：意料不到。
- 江東：一名江左，本指今蕪湖市，南京市長江河段以東地區。
- 才俊：才能出眾的人。
- 卷土重來：形容失敗後重新組織力量恢復勢力。

【古文常識】

　　為了合律，古詩中語序經常倒置，例如本詩首句就倒置了，應該是「兵家勝敗事不期」，表示兵家勝敗事不是意料得到的。此句脫胎自「勝敗乃兵家常事」，其主語為「勝敗」，是因為在「勝敗」與「兵家常事」之間有了「乃」這個判斷詞（動詞），「兵家常事」是謂語。其他例子如：「書冊埋頭無了日，不如拋卻去尋春。」（埋頭在書冊裏遠沒完沒了，倒不如把書拋下，到野外尋春去。）「書冊埋頭」即「埋頭書冊」的倒置，亦是主謂倒置。

【應用範圍】

　　這是一首詠史詩。凡以史事為題的詩都稱詠史詩，作者可以透過歷史事件抒發己見，借古諷今，其中常有對以往歷史事件或人物的結論，評價翻案。據《史記‧項羽本紀》載，項羽被劉邦打敗，突圍來到烏江（在今安徽和縣東北烏江鎮），烏江亭長勸他，趕快渡江，再組織力量，繼續與劉邦再決勝負，可是項羽卻說：「天之亡我，我何渡為！且籍（即項羽）與江東子弟八千人渡江而回，今無一人還，縱（即使）江東父老憐而王我（愛惜我讓我為王），我何面目見之？縱彼不言，籍獨不愧於心乎？」遂自刎而死。後人歷來欣賞項羽失敗了，自覺無顏面見江東父老的行為，認為他表現了男子漢敢於擔當的氣節，但杜牧持異議，他認為男子漢應該能忍辱負重，重整旗鼓，恢復失地，誰勝誰負還不一定呢。

　　根據史實，你認為杜牧對項羽的評價正確嗎？

與善人居，如入芝蘭之室，
　　久而不聞其香，則與之化矣；
與惡人居，如入鮑魚之肆，
　　久而不聞其臭，亦與之化矣。

【出處】

劉向《說苑》：

與善人居，如入芝蘭之室，久而不聞其香，則與之化矣；與惡人居，如入鮑魚之肆，久而不聞其臭，亦與之化矣。故曰：丹之所藏者赤，烏之所藏者黑，君子慎所藏。

【譯注】

　　和好人相處，就好像走進擺滿香花的房屋，時間久了，便（因而）聞不出它的香味了，因為已經跟它同化了；和壞人相處，好像走進出售鮑魚的店舖，時間久了，就聞不出它的臭味了，也已經跟它同化了。

- 芝蘭：香花芳草。古時常用以比喻德行高尚或友情、環境美好。芝蘭之室，比喻美好的環境。
- 鮑魚之肆：環境惡劣的店舖。肆：商店，店舖。

【古文常識】

　　注意虛詞「而」的用法，它在句中是連詞，連接的前後兩次在事理上有相承關係，相當於「因而」、「便」。例如《荀子·勸學》：「玉在山而草木潤，淵生珠而崖不枯。」（玉石蘊藏在山中，因而山上的草木潤澤；水裏生珍珠，因而崖岸也不會乾枯。）

【應用範圍】

　　《墨子·所染》中云：「染於蒼則蒼，染於黃則黃，所染者變，其色亦變。」以此勸諫君主不要用奸邪之臣，並讓他們薰染朝廷。孔子的這幾句名言則是補充他在《論語·學而》所說的「無友不如己者」。有一天，孔子對曾子說：「我死了以後，子夏學問將日漸進步，子貢學習將日漸退步。」曾子問為甚麼，孔子說：「子夏喜歡和比他強的人相處，子貢喜歡跟比他差的人相處。」孔子進一步說明：「不了解他的兒子，看看他父親就行了；不了解那個人，看看他所交的朋友就行了；不了解他的君主，看看他左右親近的大臣就行了。」可見一個人所處的環境和相處的朋友對他產生決定性的影響，即名言中所說「與之化矣」——已經融入他的血液中了。

　　環境對人有很大的影響，這是事實，但是有的人能出污泥而不染，而且能改造環境，你怎麼理解這種現象呢？

舉世而譽之而不加勸，
　　舉世而非之而不加沮。

【出處】

《莊子·逍遙遊》：

舉世而譽之而不加勸，舉世而非之而不加沮，定乎內外之分，辯乎榮辱之境，斯已矣。

【譯注】

　　普天下之人讚揚他，他也不會因此而積極努力；普天下的人非議他，他也不會因此而沮喪頹廢。

- 舉世：全世界。舉，全。
- 譽：讚譽，讚揚。
- 不加勸：不因此變得勉力（即有所鼓舞激勵）。
- 非：非議，譴責。
- 沮：沮喪。

【古文常識】

名句中有四個「而」字，二、四句兩個「而」字是轉折連詞，連接意思相反或者相對的兩件事，相當於「但是」、「卻」。相同的例子如《後漢書・張衡傳》：「雖才高於世，而無驕尚之情。」（雖然才學比世人高，但是沒有驕傲自大的情緒。）一、三句兩個「而」字是修飾連詞，無義，表示前者修飾後者。例如《愚公移山》：「河曲智叟笑而止之。」「笑」是表示「止」的情態。「面山而居」，「面山」是表示「居」的方向。

名句中的「舉世」是表示「譽」和「非」的範圍。「譽」本來是名詞「名譽」，此處作動詞「讚譽」解。這種活用詞類情況在古文中相當普遍，例如《觸讋說趙太后》：「老臣病足。」由「疾病」轉用為「生病」，「病足」即是足部生病。

【應用範圍】

本名句是說人應該有獨立的見解，不應以別人的贊同或反對為依歸，即使世上所有人都讚揚，也不會因此變得更努力積極；世上所有人都反對，也不會因此頹喪消極。這句話與中世紀意大利詩人但丁的「走自己的路，讓別人說去吧」的主張相同。要想事業成功，必須有經過深思熟慮的獨特見解，這樣才不會怕周圍人的反對。有人反對，可以向他們解釋，爭取更多人的支持；爭取不來，只有孤身走下去，要相信真理可能掌握在少數人手中。哥白尼的日心說就是否定了一千多年來多數人相信的地心說，經歷了艱苦的鬥爭才取得勝利的。

你發表意見時，如果大部分人反對你的主張，你會怎麼辦？

第三章

情感篇

人有悲歡離合，月有陰晴圓缺，此事古難全。
但願人長久，千里共嬋娟。

【出處】

宋・蘇軾《水調歌頭》（丙辰中秋，歡飲達旦，大醉，作此篇，兼懷子由）：
明月幾時有？把酒問青天。不知天上宮闕，今夕是何年。我欲乘風歸去，又恐瓊樓玉宇，高處不勝寒。起舞弄清影，何似在人間？　轉朱閣，低綺戶，照無眠。不應有恨，何事長向別時圓？人有悲歡離合，月有陰晴圓缺，此事古難全。但願人長久，千里共嬋娟。

【譯注】

　　人間有悲、有歡、有離、有合，正如月亮有陰、有晴、有圓、有缺，這種情況很難要求周全。只希望大家能夠長久平安，縱使各在千里之外，也都能一同欣賞美麗的嬋娟（月亮）。

- 陰晴：指陰天看不到月亮、晴天月亮出現。
- 嬋娟：指月中嫦娥，此處借代月亮。

【古文常識】

「但」，在語體文中常作連接詞，古文中則常當副詞「只」用，在此句中就是如此。另例如李白《怨情》：「但見淚痕濕，不知心恨誰？」

要注意詞中兩個「人」字。第一個「人」作「人間」解，第二個「人」作「人人」解，也有人作弟弟「子由」解，希望對方有長久平安，可見在古文中「人稱代詞」運用靈活。

【應用範圍】

這首《水調歌頭》是蘇軾在丙辰（1076 年）中秋夜晚懷念離別了多年遠方弟弟蘇轍（字子由）寫下的，引用的這幾句是中國人在過中秋時經常想到並吟哦的。

蘇軾對滿月發出「何事長向別時圓」（為甚麼總是在人們離別時才滿圓）的疑問，可見其心情的無奈，但是蘇軾十分達觀，他意識到人世間和自然界一樣，多有缺憾，自古以來都是難以十全十美。在無可奈何之際，只有對所懷念的弟弟送上深深的祝福，希望他平安健康，一切像月亮般圓滿美好。

當我們在遠方思念親友時，是不是該像蘇軾那樣豁達，而不墜入思念的深淵之中呢？

試用「但願人長久，千里共嬋娟」為題，寫一封信表達對這位親友的祝福。

天不老，
情難絕。
心似雙絲網，
中有千千結。

【出處】

宋・張先《千秋歲》：

數聲鶗鴂，又報芳菲歇。惜春更把殘紅折。雨輕風色暴，梅子青時節。永豐柳，無人盡日飛花雪。　　莫把么絃撥。怨極絃能說。天不老，情難絕。心似雙絲網，中有千千結。夜過也，東窗未白凝殘月。

【譯注】

　　天不會老，情也難斷絕，我的心就像一張雙絲織成的蛛網，其中有千千萬萬解不開的情意結。

　　● 雙絲網：男女雙方互愛結成的情網。

　　● 千千：形容多而紛亂。

【古文常識】

　　古文欠缺虛詞，本名句第一二句正是少了連接詞，可以是「天不會老，情也難斷絕」，也可以是「天不可能老，則情不可能斷絕」。

　　另外，古詩中經常使用諧音修辭法表達感情，例如唐劉禹錫《竹枝詞》：「東邊日出西邊雨，道是無晴還有晴。」（東邊正日出，西邊卻是下着雨，說是沒有「晴」卻是還有「晴」。）兩句詩即用諧音表示雙關的意思，寫出日出的「晴」，也寫感情的「情」，兩句用以形容戀愛中男女感情的若有若無，捉摸不定，有如天氣的「晴」與不「晴」。反觀名言的第三句的「絲」與「思」相諧，表現出兩個人思緒的紛亂纏繞，有如絲網的千千結。

【應用範圍】

　　名句全詞寫一個女子在暮春時節，面對花謝花飛思念遠人的內心的煩亂。這三句，前兩句先用自己的「情難絕」與「天不老」相比，說明愛情的堅定與永恆，然後用一張雙絲結成的網比喻情絲縈繞聯結，無法解脫。

　　「天不老，情難絕」，不但對愛情，對親情、友情無不如是，你認為在今天我們還需要這麼專情嗎？

去年今日此門中，
桃花人面相映紅。
人面不知何處去，
桃花依舊笑春風。

【出處】

唐．崔護《題都城南莊》。

【譯注】

　　去年今天在這扇門中，桃花和人面的紅豔相互映照。現在人面不知去了何處，桃花依舊在春風裏展現笑容。

　　● 去年今日：指去年今天的這個日子。

　　● 相映：互相映照。

　　● 紅：桃花的粉紅色，形容花與人的美豔。

【古文常識】

　　古詩中常有互文的修辭法。例如北朝民歌《木蘭詩》：「將軍百戰死，壯士十年歸。」（將軍身經百戰為國而死，壯士轉戰數載勝利歸來。）前後兩句互相補充，意思是「將軍壯士百戰死，壯士將軍十年歸」。而「桃花人面相映紅」句，應是「桃花紅，人面紅，互相映照」。

　　漢語中的語序一般是動詞在前，賓語在後，但有時動賓可能倒裝。例如《論語·子罕》：「吾誰欺？欺天乎？」（我欺騙誰？欺騙天嗎？）「誰欺」是「欺誰」的倒裝。名句中「笑春風」，即「在春風中笑」。

【應用範圍】

　　這首詩的產生有着一段頗具浪漫色彩的故事：崔護考進士不中，清明時節，獨自去都城南郊遊。走到一處村莊，看見一座庭院，花木茂盛，空寂無人，叩門良久，有女子從門縫外窺，問他是誰。他告以姓氏後說獨自春遊，口渴求飲。女子拿一杯水過來，開門，請就坐，自己靠着小桃樹站立。崔護見她姿態嬌媚，容貌美麗，用言語挑動她，見沒有回應，注視了好一會兒。崔護告辭，送到門口，戀戀不捨離開了，後來沒再來過。第二年清明節，他忽然想起該女子，忍不住來找她，但是門牆和往年一樣而大門緊鎖，人去院空，物是人非。崔護於是在門扉上題寫這首《題都城南莊》詩。這是一首帶有敍事性質的抒情詩，抒寫了某種人生體驗。讀者不見得有過類似詩中男女邂逅的經歷，卻可能有過這種人生體驗：在偶然情況下遇到美好的事物，但未及時把握，失去了，再不可復得，只剩下空虛與惆悵。

你可曾遇過美好事物卻未有及時把握？試說說箇中感受。

多情卻似總無情，
唯覺樽前笑不成。
蠟燭有心還惜別，
替人垂淚到天明。

【出處】

唐·杜牧《贈別》其二。

【譯注】

　　愛得太多太深卻彷彿彼此無情無義，在此別筵上舉酒杯相對，不論如何都無法強顏歡笑，反而是蠟燭有心還依依惜別，不停地垂淚直至天明。

- 樽：盛酒器，酒杯。
- 惜別：捨不得分別。

【古文常識】

　　第一句是倒裝句，把副詞「總」提前到「似」之前，應是「多情卻總似無情」。本來二人情意很深厚，臨到別離時卻一直好像是無情無意（沒有甚麼話可說）。語序倒置現象在古詩文中經常出現，讀時要注意。又如《公羊傳・哀公十四年》：「孔子曰：『孰為來哉？孰為來哉？』」（麒麟為誰來啊？為誰來啊？）「孰為」是「為孰」的倒置。

　　古詩中常用諧音修辭法表達情思，例如張先《千秋歲》：「心似雙絲網，中有千千結。」「絲」與「思」相諧，表現出男女情人雙方思緒的紛亂纏繞，如絲網的千千結無法解脫（見頁 72）。名句中「有心」的「心」與蠟燭的「芯」（用來點火的燈草、紗、線等）諧音。蠟燭有心，才能替人垂淚到天明。淚是指蠟淚，實際上指人往肚裏流的淚。

【應用範圍】

　　南朝梁文學家江淹《別賦》中有一句名言：「黯然銷魂者，唯別而已矣。」（令人空虛惆悵失魂落魄的，只有離別罷了。）本詩前兩句細緻地描寫詩人與意中人在餞別時默默相對的場景。面臨分離，明明有千言萬語向對方傾訴，可是說不出話來，正如柳永在《雨霖鈴》所說：「執手相看淚眼，竟無語凝咽。」（手兒相握，淚眼相望，喉嚨哽噎，竟然一句話也說不出來。）詩中「多情」和「無情」的矛盾，表現出難分難捨的複雜心態，極具創意。後兩句說蠟燭為他們撕心裂肺的痛苦而垂淚到天明。「到天明」也點出了餞別時間之長。

你和親友別離時，有沒有杜牧的惜別感受？那是甚麼樣的？

衣帶漸寬終不悔，
　　為伊消得人憔悴。

【出處】

宋‧柳永《鳳棲梧》：

佇倚危樓風細細，望極春愁，黯黯生天際。草色煙光殘照裏，無言誰
會憑欄意？　　擬把疏狂圖一醉，對酒當歌，強樂還無味。衣帶漸寬
終不悔，為伊消得人憔悴。

【譯注】

　　衣衫腰上束的帶子日漸寬鬆了，但始終不後悔，為了思念伊人以
致面容枯黃消瘦也心甘情願啊。

　　◦ 衣帶：衣衫的腰帶。

　　◦ 消得：值得。

【古文常識】

「終」是自始至終的意思，不可解釋為「最終」。「終不悔」，意為始終都不後悔。這種用法在蘇軾的《水調歌頭》中「人有悲歡離合，月有陰晴圓缺，此事古難全」的「古」字（從古到今）中出現。

【應用範圍】

原詩是一首懷念遠方戀人的作品。上闋寫登高望遠，微風拂面，春愁油然黯生，瀰漫天際，這是由於思念遠方伊人所致；下闋寫愁恨無法排遣，只有借酒澆愁，但舉杯消愁愁更愁，無計可施，只好讓思念繼續纏身，結果是「衣帶漸寬」，「為伊消得人憔悴」。

有人認為柳永深受儒家思想影響，有濟世的理想抱負，但懷才不遇，仕途失意，所以詞中的「伊」既有對「伊人」的思念，也有對政治理想的追求，他也是為政治理想的失落而憔悴的。

清末學者王國維把這句話列為古今大成大事業、大學問者必須經過的第二境界，是借來說明做大事業，成大學問必須有經得起挫折、煎熬，具有鍥而不捨的精神。這份精神為莘莘學子帶來鼓舞。

你可曾因為想念別人或追求一些目標而消瘦起來？

在學習過程中，你曾遇過哪些困難或挫折？你是如何克服的？

身無綵鳳雙飛翼，
心有靈犀一點通。

【出處】

唐・李商隱《無題》：

昨夜星辰昨夜風，畫樓西畔桂堂東。身無綵鳳雙飛翼，心有靈犀一點通。隔座送鉤春酒暖，分曹射覆蠟燈紅。嗟余聽鼓應官去，走馬蘭臺類轉蓬。

【譯注】

身上雖然沒有像綵鳳生有雙翼，可以飛去相會，但是心中卻有靈犀一點，感應相通。

- 綵鳳：彩色羽毛的鳳凰。《山海經》：「丹穴山，鳥狀如鶴，五彩而文（紋），名曰鳳。」
- 靈犀：犀牛角，古代傳說，犀牛角有一條白紋，從角端直通大腦，感應靈敏。

【古文常識】

　　詩的語言是最為凝煉的，而且還要顧及音律節奏，所以古詩中很少用連接詞，句子的連接要讀者自己去揣摸。這兩句詩就是欠缺了「雖然」和「但是」兩個連接詞，讀時需要自己去填充。這種例子可以在其他詩句中看到，例如蘇軾《蝶戀花》：「枝上柳綿吹又少，天涯何處無芳草？」（柳枝上的柳絮已被風吹得愈來愈少，然而遼闊的天際，何處沒有翠綠的香草？）句子加上了「然而」，讀起來就順暢得多。

【應用範圍】

　　整首詩追憶往日不堪回首的情事：詩人曾在一個通宵達旦的豪宴上邂逅一位女性，二人一見鍾情，但因對方身份阻礙了感情的發展，根本不可能開花結果，只好分隔兩地飽受相思的煎熬。

　　詩的首二句點明二人相遇的時間與地點，那是星光燦爛，微風和煦的「昨夜」，他們在畫堂西側桂堂東邊邂逅，環境溫馨令人沉醉。

　　「身無綵鳳雙飛翼」二句是第三、四句，從中可以看出他們的相會如此短暫，匆匆又分手，留下的僅是甜蜜的回憶與無窮的思念，因為「身無雙飛翼，日後恐怕難以重聚，傾訴情愫，只有在心靈上息息相通」。對於有着相同遭遇的情人來說，這種情感極具典型性，能引起強烈的共鳴，因而成為歌詠愛情的千古名句。

　　這兩句名言，除了用在男女愛情外，還可以用在其他甚麼地方？請用具體例子說明。

兩情若是久長時，又豈在朝朝暮暮！

【出處】

宋・秦觀《鵲橋仙》：

纖雲弄巧，飛星傳恨，銀漢迢迢暗度。金風玉露一相逢，便勝卻人間無數。　柔情似水，佳期如夢，忍顧鵲橋歸路。兩情若是久長時，又豈在朝朝暮暮！

【譯注】

　　兩個人的感情若是真能天長地久時，又何必一定要朝夕相處呢！

- 久長：「長久」的倒置，因合律的需要。
- 朝朝暮暮：日日夜夜，以下省略了「整天都在一起」，這個省略空白部分是要給讀者發揮想像去填補的。

【古文常識】

　　「豈」，語氣副詞，表示反問語氣，相當於「哪裏」，例如《史記‧鴻門宴》：「日夜望將軍至，豈敢反乎？」（日日夜夜盼望將軍來，哪裏敢反呢？）本句譯為「何必」，因此後一句也可譯為「又哪裏在乎日日夜夜長相廝守呢？」

【應用範圍】

　　《鵲橋仙》一詞採用牛郎織女每年七夕（七月七日夜晚）相會於天河鵲橋（無數喜鵲為他們相會搭的橋）的民間故事寫成的。古代詩人以此為題材創作的詩很多，大多是以雙星聚少離多為恨事。秦觀違反此傳統翻出新意，認為如果兩情能夠堅定不移，縱使分離，相隔兩地，依然同心，並不在乎是否朝夕相處。現在許多人還是認為，既然兩情相悅，就應該如膠似漆，感情更加穩固。離開久了，就會轉淡，容易給第三者有闖入的機會。

　　這句話寫的是愛情，其實也適用於親情、友情上，其內涵十分豐富。

　　你認為親情、愛情、友情是如膠如漆好，還是保持距離好？你是如何處理這種關係的？

空將漢月出宮門，
憶君清淚如鉛水。
衰蘭送客咸陽道，
天若有情天亦老。

【出處】

唐‧李賀《金銅仙人辭漢歌》：

茂陵劉郎秋風客，夜聞馬嘶曉無跡。畫欄桂樹懸秋香，三十六宮土花碧。魏宮牽車指千里，東關酸風射眸子。空將漢月出宮門，憶君清淚如鉛水。衰蘭送客咸陽道，天若有情天亦老。攜盤獨出月荒涼，渭城已遠聲波小。

【譯注】

　　只有漢時明月陪伴它離開宮門，懷念舊時君主不禁如雨潸潸而下，衰萎的蘭花在咸陽道送上它前往，上天倘若有情也會因悲愁折磨而衰老。

- 空將：只有帶着。
- 憶君：憶念國君。
- 咸陽：今陝西省咸陽市東北窰店鎮附近。

【古文常識】

　　金銅仙人辭漢，是在魏明帝曹叡時發生，這時的月亮是「魏月」，詩中卻說「漢月」，這是因為漢武帝時，金銅仙人已與月亮為伴，而今雖然朝代變了，人事都變了，但是陪伴着它的仍然是漢時的明月，道出了人與月亮不離不棄、無法分隔的關係，並不因時間和空間的不同而有所移易，此意念與張若虛《春江花月夜》：「人生代代無窮已，江月年年只相似」有共通之處，可見月亮在中國文化中的地位。

【應用範圍】

　　金銅仙人是秉承漢武帝旨意造成的。武帝迷信神仙，在長安建章宮內建仙人承露盤，高二十丈，上有青銅仙人手擎銅盤承接雨露，和玉屑飲之，以求長生。魏明帝景初元年（237年），曾派人從長安拆移金銅仙人承露盤送到魏都鄴城（今河南臨漳縣），傳說當時銅人潸然淚下。此詩想像銅人離別漢宮時悲傷的情景，抒發國家興亡盛衰和離別的痛苦。名句中的前兩句想像銅人離宮時淚如雨下（因係銅人故曰「如鉛水」），後兩句描寫枯萎的蘭花也送別遠客的銅人，有感覺的銅人居然流淚，因而推進一層，想到漠漠無知的蒼天倘若有情亦會衰老。此句反映了中國古人「天人合一」的哲學思想：莊子認為「天地與我並生，萬物與我為一」；西漢董仲舒認為「天亦有喜怒之氣，哀樂之心」，這正和「天若有情天亦老」的詩思一致。

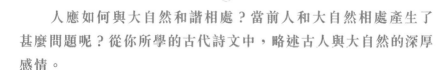

　　人應如何與大自然和諧相處？當前人和大自然相處產生了甚麼問題呢？從你所學的古代詩文中，略述古人與大自然的深厚感情。

春蠶到死絲方盡，
蠟炬成灰淚始乾。

【出處】

唐．李商隱《無題》：

相見時難別亦難，東風無力百花殘。春蠶到死絲方盡，蠟炬成灰淚始乾。曉鏡但愁雲鬢改，夜吟應覺月光寒。蓬山此去無多路，青鳥殷勤為探看。

【譯注】

　　春蠶不斷吐絲，直到死時才吐盡，蠟燭的淚點只有被燃燒成灰燼才能滴乾。

　　◦ 蠟炬：蠟燭灰，指蠟燭的心燒成的灰燼。

　　◦ 淚：蠟燭燒時流下的油脂。

【古文常識】

　　「絲」和「思」是諧音雙關，這是利用同音或近音的條件，使詞語一音雙關，「絲」與「思」相諧是常見的。「春蠶到死絲方盡」化自樂府《西曲歌‧作蠶絲》中「春蠶應不死，晝夜常懷思。何惜微軀盡，纏綿自有時」的詩意，用春蠶到死才吐盡繭絲象徵自己永恆的相思。「絲」「思」諧音，使「思」呈現纏綿不絕的鮮明形象，具有扣人心弦的力量。這種修辭手法在魏晉南北朝樂府中使用得最為普遍，例如南朝樂府《讀曲歌》：「種蓮長江邊，藕生黃蘗浦。必得蓮子時，流離幾辛苦。」詩中「蓮子」即「憐子」的諧音，暗喻得以與對方相戀。全詩意為想得到的愛情，就和去黃蘗浦採蓮一樣，需要經歷許多艱難。

【應用範圍】

　　詩的首句「相見時難別亦難」十分有創意，完全推翻了傳統的「別易會難」的觀點。魏曹丕、曹植都留下「別日何易會日難」、「別易會難，各盡其觴」之語，李商隱更深入一層指出相見與別離於離人來說是同樣的難堪：相見難是指機會難得；離別難是指別情難堪。第二句點出相見又分別時花謝花飛，紅銷香斷的暮春景色，以襯托離人的黯然銷魂的心境。接着「春蠶」、「蠟炬」二句，前句寫情意纏綿，後句寫內心沉痛，用比興手法表現愛情的至死不渝，成為千古不朽的名句。末二句利用神話傳說，表示能勞煩青鳥傳遞信息，以慰相思之苦。

　　把古人對愛情的態度與今人的相比，你發現有甚麼不同？為甚麼？可根據現實情況加以分析。

昨夜西風凋碧樹，
獨上高樓，望盡天涯路。

【出處】

宋・晏殊《蝶戀花》：

檻菊愁煙蘭泣露。羅幕輕寒，燕子雙飛去。明月不諳離恨苦，斜光到曉穿朱戶。　　昨夜西風凋碧樹，獨上高樓，望盡天涯路。欲寄彩箋兼尺素，山長水闊知何處？

【譯注】

　　昨晚刮起了西風，碧樹上的葉子紛紛凋落，我獨自走上高樓，極目遠望那伸展到天邊的道路。

　　◦ 西風：從西面吹來的風，指秋風。

　　◦ 凋：凋謝。

【古文常識】

　　「凋」，凋落，不及物動詞，一般不能作及物動詞用，後面不可帶賓語。本名句中「凋」後面卻有了「碧樹」為賓語，可見「凋」已具「使動」的意義，可譯為「使碧樹凋落」，即「使樹上的綠葉紛紛凋落」。這種情況在古文中經常出現，例如馬中錫《中山狼傳》：「先生舉手出狼。」即東郭先生伸手（進書囊中）使狼出來。

【應用範圍】

　　原詞是寫離情，在西風刮起落葉凋零的時候，詞中主角孤獨寂寞，懷念伊人，遂隻身登上高樓，凝望直通天涯的遠方，希望能夠看到伊人歸來的蹤影。

　　清代詩人學者王國維用這三句來比喻古今成大事業、大學問者必經的第一個境界。意思是在追求理想的初步過程中，遠瞻美好的未來，嚮往着更高更遠更遼闊的天涯路，得先經受追尋過程中的蒼茫、寂寞與孤獨。

　　青年人應該追求遠大的理想，在追求過程中難免有上述蒼茫、寂寞與孤獨之感。我們迎上前去，繼續探索，達到理想的境界，抑是退卻，敗下陣來？

問世間，情是何物？
直教生死相許。

【出處】

金·元好問《摸魚兒》：

問世間，情是何物？直教生死相許。天南地北雙飛客，老翅幾回寒暑。歡樂趣，離別苦，就中更有癡兒女。君應有語。渺萬里層雲，千山暮雪，隻影向誰去？　　橫汾路，寂寞當年簫鼓，荒煙依舊平楚。招魂楚些何嗟及，山鬼暗啼風雨。天也妒，未信與，鶯兒燕子俱黃土。千秋萬古。為留待騷人，狂歌痛飲，來訪雁丘處。

【譯注】

　　請問人世間，情是甚麼東西？毫不猶豫地徑直使互愛的雙方可以生死與共。

- 直：徑直，表示不繞道，不耽擱，直接前往。
- 教：使，讓。
- 許：應允給予。

【古文常識】

「教」，一般指教育、教導、指教，在詩詞中則常作「使」、「讓」、「叫」解。例如白居易《琵琶行》：「曲罷曾教善才服，妝成每被秋娘妒。」（彈完曲子曾經使著名的琵琶師折服，妝扮後常讓歌妓同行嫉妒。）此句也作「使得」，意為徑直使得雙方能互相把生命付托。

【應用範圍】

作者元好問（1190－1257 年），號遺山，金太原秀容（今山西忻縣）人。這首詞的序說：「泰和五年（1205 年）我到并州（今山西太原市）參加考試，在途中遇到捕雁的人說：『今天我射死了一隻大雁；脫網的那隻悲鳴不肯離去，最後撞地而死。』我買下雙雁，把牠們埋在汾水之濱，堆起石頭作記號，名為『雁丘』，同行的人多為此賦詩，我也填了這首詞。」詞中情因景而生，詞為情而作，雁殉情而死的事，強烈地撥動作者的心弦，使之揮筆寫下這首激情滿懷的作品。

這首詞的主旨是頌讚大雁對愛情的堅貞不渝，作者本意是詠雁，卻從「世間」落筆，以人擬雁，賦予雁情超越自然的意義，並以「情」字貫穿全篇，道出了明代戲劇家的「情不知所起，一往而深，生者可以死，死者可以生。」（明‧湯顯祖《牡丹亭‧題詞》）的愛情觀。

本名言經常被人引用，香港中樂團於 2013 年 4 月 5 日至 6 日在大會堂音樂廳以「問世間，情是何物」為主題舉行音樂會。

你對為愛殉情的行為有何評價？青年人應如何對待愛情？

眾裏尋他千百度，
驀然回首，
那人卻在燈火闌珊處。

【出處】

宋‧辛棄疾《青玉案》：

東風夜放花千樹，更吹落星如雨。寶馬雕車香滿路，鳳簫聲動，玉壺光轉，一夜魚龍舞。　蛾兒雪柳黃金縷，笑語盈盈暗香去。眾裏尋他千百度，驀然回首，那人卻在燈火闌珊處。

【譯注】

　　在眾人裏尋找她千百次，突然回頭一看，那個人卻站在燈火稀稀落落的地方。

- 元夕：農曆正月十五夜，即元宵節夜。
- 驀然：突然，忽然。
- 闌珊：興致愈來愈低了。在句中可指燈火稀稀落落，光線微弱。

【古文常識】

　　古文中「他」字指代男性，也指代女性「她」，因此首句中「眾裏尋他」是女性尋找男性，還是男性尋找女性，可以有不同的演繹。讀古文時，要注意人稱代詞的使用情況，有時候省略了，例如第一句「眾裏尋芳」中就省略了主語「我」。又如李白《靜夜思》：「牀前明月光，疑是地上霜，舉頭望明月，低頭思故鄉。」詩中完全沒有主語，「疑是」、「舉頭」、「低頭」的主語完全省略了。

【應用範圍】

　　《青玉案》全詞大部分極力渲染元宵節夜晚流光溢彩、人流繽紛的熱鬧場面，目的是給不同凡響的「那人」的出現做鋪墊，本名句把隱藏在「燈火闌珊處」的主角「他」或「那人」不隨波逐流、情懷高尚的形象突現出來。

　　王國維在《人間詞話》中以這三句來比喻古今成大事業、大學問者三種境界的第三境界。寫人們經過千辛萬苦的努力，追求的理想終能無意中出現在眼前的欣喜。這三句含有「踏破鐵鞋無覓處，得來全不費工夫」之義涵。其餘兩個境界晏殊《蝶戀花》（見頁 88）和柳永《鳳棲梧》（見頁 78）。

　　我們在學習過程中，解一道題，經過冥思苦想，突然之間如有神助，答案出現。寫文章有所謂靈感，這與當初的艱辛追尋分不開。你有這種經驗嗎？

請君試問東流水，
　別意與之誰短長？

【出處】

唐・李白《金陵酒肆留別》：

風吹柳花滿店香，吳姬壓酒喚客嘗。金陵子弟來相送，欲行不行各盡觴。請君試問東流水，別意與之誰短長？

【譯注】

　　請您問問日夜不息向東流的長江水，離別的情意與長江水比起來，是誰短誰長呢？

- 東流水：向東流的長江水。水，指長江，長江源自中國西部青海唐古拉山脈各拉丹冬雪山，流經西藏、四川、雲南、重慶、湖北、湖南、江西、安徽、江蘇等地，在上海市流入東海。
- 與之：指別意與東流水相比。

【古文常識】

　　「之」有多種用法，此處用作第三人稱代詞（可代人或代物），指的是「東流水」。古文中「之」作代詞常見，例如《戰國策．燕策》：「張丑為質於燕，燕王欲殺之。」（張丑在燕國當人質，燕王想殺掉他。）

　　「誰短長」是「誰短誰長」的省略語，特別要注意的是「短長」是個偏義詞，它偏於「長」，意思是「誰更長」，句意為「別意比東流水更長」。其他例子如諸葛亮《出師表》：「宮中府中，俱為一體，陟罰臧否，不宜異同。」（皇宮及朝廷中的官員，都應該成為一個整體；獎懲褒貶，標準不應該有分別。）「異同」，偏義於「異」（不同）。

【應用範圍】

　　名句出自李白《金陵酒肆留別》。天寶元年（742 年），李白將要離金陵（今南京市），一群朋友在酒肆（酒家）為他送別。詩的首二句寫酒肆內外的情景。外面風吹柳絮，酒肆滿室生香，花香加酒香，香味濃郁，還有吳地美麗的姑娘給客人壓酒，招待殷勤，氣氛熱烈。一群金陵弟子湧進酒肆為李白送別，不是依依惜別，而是欲行（李白）不行（金陵弟子），開懷暢飲，可見李白結交的朋友均是豪放樂觀之輩，不流露為別離而哽噎無語的兒女情態。其實他們的別意比東流的長江水還要悠長。這種瀟灑的餞別方式為李白所獨有，在這裏看不到傳統的黯然銷魂的離情。

　　對於今天要出外讀書、工作的人，李白的餞別方式是否更為合適？

樹欲靜而風不停，
子欲養而親不待。
往而不來者，年也；
不可再見者，親也。

【出處】

《孔子家語·致思》：

「夫樹欲靜而風不停，子欲養而親不待。往而不來者，年也；不可再見者，親也。請從此辭。遂投水而死。」孔子曰：「小子識之，斯足為戒矣。」自是弟子辭歸養親者十有三。

【譯注】

　　樹本想靜止，可是風刮個不停；兒子想奉養父母，可是父母已離世。逝去而永遠不再回來的，是年齡啊；再也見不到的，是父母啊！

　　• 不待：不等待。

　　• 年：年齡，指父母的年紀。

【古文常識】

　　名句中三個「而」字都表示轉折的關係，相當於「可是」、「但是」、「卻」，有時「可是……卻」並用。例如《論語·季氏》：「危而不持，顛而不扶，則將焉用彼相矣？」（臨危卻不去保持，跌倒卻不去攙扶，還要用那引導人做甚麼呢？）又用於轉折複句的後一分句前，則用「可是……卻」來連接。《洛陽伽藍記·景明寺》：「雖外有四時而內無寒暑。」（室外雖然有四季之別，可是室內卻無寒暑之異。）

【應用範圍】

　　名句説有一個人，父母健在時他沒有盡心奉養，等到父母離世想補救已來不及了。作者用「樹欲靜而風不停」為喻。本名句抒發了內心的悔恨與哀思是永遠不會停息的，寫得非常沉痛、動人。説的人是丘吾子，這番話是他對孔子説的。有一次孔子去齊國，半路上看見穿着喪服的丘吾子在道旁哭泣，於是下車問他為甚麼哭得這麼傷心。他説：我有三個過失，到了晚年才覺悟，但是已經追悔莫及。其中第一個就是自己年輕時喜歡學習，到處尋師訪友，等到我環遊各地歸來後，父母已經去世了。現在是「樹欲靜而風不停，子欲養而親不待」，他再也見不到父母了，最後他忍受不住悔恨的煎熬，投水自盡了。後來，孔子要弟子以此為鑑，於是弟子告辭紛紛回家奉養父母，達十三個之多，可見故事的感染力和教育意義。

　　讀了此名句，檢查自己當前對父母有哪些不足之處，準備如何改正。

應憐屐齒印蒼苔，
小扣柴扉久不開。
春色滿園關不住，
一枝紅杏出牆來。

【出處】

宋・葉紹翁《遊園不值》。

【譯注】

　　可能是園子的主人愛惜青苔，怕我的木屐在上面留下齒印吧，輕輕地敲柴門，久久總是不開。那滿園春天景色是關不住的，一枝紅杏的長枝越過籬牆伸了出來。

* 憐：愛惜。
* 屐：一種木頭鞋，底下有齒，可以防滑。粵音劇。
* 蒼苔：青苔。
* 小扣：輕輕地敲。
* 柴扉：用樹枝條編成的簡陋的門。

【古文常識】

　　讀古文時，要注意古今詞義的變化。本詩中「憐」，作愛惜解，但現在詞義變了，作可憐解。這種情況很多，例如《左傳‧襄公八年》：「今譬於草木，寡君在君，君之臭味也。」（現在用草木來譬喻，寡君對於君王，只是做為草木散發的氣味罷了。）「臭」，古代指氣味，包括好的和壞的，現在只指壞氣味。

　　在古漢語中，文句經常欠缺主語，古詩更甚。以本詩為例，第一句「憐」的主語是誰需要弄清楚，主語是園子的主人。不明白這點就無法讀懂這首詩，可見讀古詩時找出主語是多麼的重要。

【應用範圍】

　　「紅杏出牆」這個成語經常在媒體出現，指的是女性結婚後與第三者相好，但是這個成語的原意與其出處很多人都不知道。本詩由「小扣柴扉久不開」聯想到園子主人可能是因為擔心別人踩壞路徑的青苔而緊閉「柴扉」；「一枝紅杏出牆來」聯想到園子裏一定是一派春意盎然，萬紫千紅爭奇鬥妍的景象。「春色滿園」和「一枝紅杏」對應描寫相互映襯，不僅是表現春光無限，而且深刻地揭示出一切美好事物都富有強大生命力的哲理。寫法以小見大，給人留下無限遐想的空間：春光是關不住的，自由也是關不住的；同樣一切新生的、美好的事物也是封鎖不住，禁錮不了的，它必能衝破任何束縛，蓬勃發展。

結合當前香港社會狀況，這首詩對你有甚麼啟示作用？

第四章

品德篇

士之為人，當理不避其難，臨患忘利，遺生行義，視死如歸。

【出處】

《呂氏春秋・士節》：

士之為人，當理不避其難，臨患忘利，遺生行義，視死如歸。有如此者，國君不得而友，天子不得而臣。大者定天下，其次定一國，必由如此人者也。

【譯注】

　　士的處世態度，堅持真理不迴避危難，面臨禍患能忘卻私利，捨棄生命，去做正義的事，為此能視死如歸。

- 當：面對。
- 患：禍患。
- 遺：捨棄。

【古文常識】

　　語氣詞「其」在漢語中用法比較靈活，可以放在句首或句中，本名句是用在句中，不必譯出。名句譯為「堅持真理不迴避危難」就是如此。此字用在動詞前，也可以用在形容詞之前，例如屈原《離騷》：「路漫漫其修遠兮，吾將上下而求索。」（路途非常遙遠，我將要上上下下地去尋覓。）放在動詞前的例子如《詩經・豳風・七月》：「八月其穫，十月隕蘀。」（八月收穫，十月草木的葉子飄落），「穫」是動詞。

【應用範圍】

　　本名句闡釋了孟子的「舍身取義」的思想。孟子在《告子上》中說：「生亦我所欲也，義亦我所欲也；二者不可得兼，舍身而取義者也。」（生命是我所喜歡的，義也是我所喜歡的，如果兩者不能並有，便犧牲生命而要義。）名句進一步說：「當理不避其難，臨患忘利，遺生行義，視死如歸。」在闡述理論之後，記述了齊國隱士北郭騷欽佩晏子的義氣，以死為晏子洗清冤誣的事跡宣揚自己的觀點。作者還從另一角度談及有節操之士的特點：志節高尚，不會與諸侯交遊，也不會向天子稱臣。他認為讓這種人從政才能治國安邦，呼籲「欲大立功名」的人主，要致力訪求這類賢士，由他們來處理政務，自己則採取超脫的態度。後世劉備三顧草廬請諸葛亮出山為他打天下，諸葛亮亦能「鞠躬盡瘁，死而後已」的事跡，可說是實現了名言的典範。

當前政府挑選官員是否符合名句的標準？試加以說明。

士為知己者死，
女為悅己者容。

【出處】

《史記‧刺客列傳》：

豫讓遁逃山中，曰：「嗟乎！士為知己者死，女為悅己者容。今智伯知我，我必為報讎而死，以報智伯，則吾魂魄不愧矣。」

【譯注】

　　男士為彼此相知的朋友獻出生命，女子為愛慕自己的人梳洗裝扮。

* 知己：彼此相互了解，情誼深厚。
* 悅己：愛慕自己。

【古文常識】

　　在名句中，特別要注意「死」和「容」的用法，那就是名詞使用為動詞。例如《莊子‧秋水》：「惠子相梁。」（惠施在梁作宰相。）「相」本來是名詞「宰相」，此句作動詞「當宰相」用。名句中「死」和「容」本是名詞「死亡」和「容貌」解，但現在分別解為「去死」，即「奉獻生命」；「修飾面容」，即梳洗裝扮。古文中詞類的詞性十分靈活，讀古文時一定要注意這點。

【應用範圍】

　　名句出自《史記‧刺客列傳》，其中所寫的刺客如豫讓、荊軻等人，為報答知己而獻出生命的精神，已經成為中國文化中不可或缺的部分，世代傳為美談。豫讓本來事范氏、中行氏，後來為晉國大夫智伯家臣，智伯被趙襄子所滅，豫讓要為趙襄子復仇，他遁逃山中説：「嗟乎！士為知己者死，女為悦己者容。今智伯知我，我必為報讎而死，以報智伯，則吾魂魄不愧矣。」（為智伯報仇，死了作鬼才無愧無心。）後來變為刑人（受這肉刑肢體殘缺的人），又漆身毀身，屢次刺殺趙襄子，不成被殺。他説：「過去曾事范氏、中行氏，以普通人對待，所以范氏、中行氏被滅，他亦以普通人相待，而智伯以國士最高規格對待他，所以他也以「國士事之」。

　　你同意「士為知己者死」的報恩思想嗎？為甚麼？當前社會上青年人對「知恩報恩」的思想普遍嗎？

子曰：

「弟子入則孝，
出則弟，謹而信。」

【出處】

《論語・學而》：

子曰：「弟子入則孝，出則弟，謹而信。泛愛眾，而親仁；行有餘力，則以學文。」

【譯注】

　　孔子說：「少年子弟，回到家裏就要孝順父母，離家外出就要敬愛兄長，言行謹慎小心，而說話要講究信用。」

- 弟子：年紀幼小的人，與子弟同義，不是指學生。
- 弟：通「悌」，敬愛兄長，引申為尊敬長上。
- 謹：少言寡語。

【古文常識】

　　「弟」，通「悌」，在古文閱讀中常常遇到借彼字代此字的現象，「弟」是通假字，「悌」是本字，這就是所謂的文字通假現象。例如《愚公移山》中愚公對智叟説：「甚矣，汝之不惠。」（你太不聰明了。）在這裏，「惠」與「慧」通。這種現象，愈早的文章出現得愈多，這是因為上古字少詞多，以有限的字數記錄極為豐富的語言中的詞，勢必產生供不應求的矛盾，於是只好用通假來解決問題。這些例子，我們還會在本書的其他名句中看到。

【應用範圍】

　　從本名句可以看出，孔子在教育學生時，總是把德育置於首位，把做學問放在次位。孝、悌是孔子的基本道德規範，它是人倫（古代指人與人之間的關係和應當遵守的行為準則，例如父子有親，君臣有義，夫婦有別，長幼有序，朋友有信）之本，道德之源，因此在進行道德教育時，又將孝、悌置於首位。中華民族長期持有的孝順父母，敬愛兄長，尊敬長上的優良傳統正是從孔子——儒家思想繼承得來的。

　　從日常生活中，香港青少年對孝、悌的實踐足夠嗎？有哪些需要改進的地方呢？試具體説明。

小信成，則大信立，故明主積於信。賞罰不信，則禁令不行。

【出處】

《韓非子・外儲說左上》：

小信成，則大信立，故明主積於信。賞罰不信，則禁令不行。說在文公之攻原，與箕鄭救餓也。是以吳起須故人而食，文侯會虞人而獵。故明主表信，如曾子殺彘也。

【譯注】

　　小事上信用成立，那麼大事上的信用才能建立，所以英明的君主要在信用上有所積累。賞罰不守信用，那麼法令就無法推行。

　　◦ 積：積累。

　　◦ 禁令：法令。

【古文常識】

　　名句中的「不」是副詞，只能用來修飾或限制動詞和形容詞，例如不走、不寫、不快、不安靜等等，但不能用來修飾、限制名詞，如不車、不狗。但在古文中則可以，如名言中的「不信」，不是不相信，而是「不守信用」，省略了動詞「守」。

　　這樣例子在古文中有很多，如《後漢書‧竇融傳》：「融在宿衛十餘年，年老，子孫縱誕，多不法。」（竇融在宮中住宿警衛十餘年，年老，子孫驕縱放蕩，多違法。）「不法」，不守法令。又如《公羊傳‧宣公十二年》：「錫（賜）之不毛之地。」（賜他連草也不長的地方。）「不毛」，不長草。

【應用範圍】

　　韓非子是法家，法家的觀點是一切依法辦事，賞罰分明。他認為守信一定要從小事做起，在大事上才能建立信用，例如與人約會一定要遵守諾言。他舉了吳起和曾子為例，說吳起約朋友吃飯，一定要待朋友到來才起筷；曾子答應兒子宰豬而決不食言。韓非還說明不守信用將給國事帶來嚴重後果：戰國時魏李悝警告左右兩軍門的軍隊說：「警惕敵人，他們早晚會來襲擊我們。」像這樣警告多次而敵人始終未來，兩軍門的軍隊都懈怠起來，不信李悝。幾個月後，秦國軍隊來偷襲李悝，幾乎全殲魏軍。

　　關於信用正反兩方面的例子，在生活中、在歷史上不勝枚舉。

　　論及守信或中華美德等議題時，可引述此名句作論據。

天將降大任於是人也，
必先苦其心志，勞其筋骨，
餓其體膚，空乏其身，
行拂亂其所為，所以動心忍性，
曾益其所不能。

【出處】

《孟子．告子下》：

孟子曰：「舜發於畎畝之中，傅說舉於版築之間，膠鬲舉於魚鹽之中，管夷吾舉於士，孫叔敖舉於海，百里奚舉於市。故天將降大任於是人也，必先苦其心志，勞其筋骨，餓其體膚，空乏其身，行拂亂其所為，所以動心忍性，曾益其所不能。」

【譯注】

　　上天賦予重大任務給這個人，一定要使他的心靈痛苦，使他筋骨勞累，使他腸胃經受飢餓，使他身體遭受貧困，使他行動處處受到干擾。這樣，你可以用來震撼他的心靈，堅韌他的性格，增加他所沒有的能力。

　　◦ 降：賦予。
　　◦ 空乏：資財缺乏。
　　◦ 拂亂：違逆，干擾。
　　◦ 曾益：通「增」，增加。

【古文常識】

名句中的「苦」、「勞」、「餓」、「空乏」都是形容詞，具有使動意義，意為「使……痛苦」、「使……勞累」、「使……飢餓」、「使……空乏」。這種情況在其他名句中也可見到，例如《孟子·離婁下》：「稷思天下有飢者，由己飢之也。」後面的「飢」，就是形容詞活用為使動動詞，使飢餓的意思。

「所以」，解作「用來」（通過那樣的途徑來）。「所以動心忍性」，即可以用來震動他的心靈，堅韌他的性情。其他例子如《荀子·儀兵》：「彼兵者，所以禁暴除害也，非爭奪也。」（那軍隊是用來禁止強暴和清除禍害的工具，不是用來爭奪的。）

【應用範圍】

孟子說出名言的根據：舜、傅說、膠鬲（粵音格）、管仲、孫叔敖、百里奚都是經過艱苦的磨練，才成為國家的棟樑，又從個人作為推及治國之道，認為「入則無法家拂士，出則無敵國外患者，國恆亡」（在國內假若沒有守法度的大臣，在國外沒有敵對的國家來侵犯的憂患，國家往往會滅亡）。他的結論是：不論個人還是國家，都是「生於憂患而死於安樂也」（憂愁患害足以使人生存，安逸快樂足以使人死亡）。

現在大部分年輕人都生活在物質豐盈的生活環境中，這對他們有甚麼影響呢？

在當今社會中青年人應該怎樣磨練自己，才能有益於社會？

夫君子之行，靜以修身，儉以養德。非澹泊無以明志，非寧靜無以致遠。

【出處】

三國蜀·諸葛亮《誡子書》：

夫君子之行，靜以修身，儉以養德。非澹泊無以明志，非寧靜無以致遠。夫學須靜也，才須學也。非學無以廣才，非志無以成學。淫漫則不能勵精，險躁則不能冶性。

【譯注】

　　君子的操守，靠安靜來修養身心，靠儉樸來培養品德，不拋棄功名利祿就不能表明自己崇高的志向，不做到安靜就不能高瞻遠矚。

- 行：品行，操守。
- 澹泊：心情恬靜，不貪圖功名利祿。
- 非……無以：不……就不能。
- 明志：表明志向。
- 寧靜：安靜，集中精神，不分散精力。
- 致遠：高瞻遠矚。

【古文常識】

　　「靜以修身」，「靜以」的「靜」是介詞「以」的賓語的前置，「以」解作「靠」、「用」，全句譯為「靠安靜來修養身心」。另例《論語‧為政》：「詩三百，一言以蔽之，曰，思無邪。」（《詩經》三百篇，用一句話來概括，叫「思想純正」。）「一言」是介詞「以」的賓語的前置，正常情況應該是「以一言」。

　　「夫」在古文中經常作語氣詞，放在句首表示提挈語氣，說明下面有議論，不譯出。名言中的「夫」就是如此。另例鼂錯《論積貯疏》：「夫積貯者，天下之大命也。」（積蓄貯藏糧倉，是國家的命脈。）

【應用範圍】

　　名句中「非澹淡泊無以明志，非寧靜無以致遠」，後來凝縮成為「澹泊明志，寧靜致遠」，成了中國古代知識份子的座右銘。這句格言也是諸葛亮一生所遵奉實行的。他雖然有傑出的才智和謀略，對漢末天下的形勢瞭如指掌，完全可以為曹操、孫權出謀獻策，獲取高官厚祿，但是他對他們爭權混戰，陷百姓於水深火熱之中甚表不滿，因此隱居山中，在南陽耕田過着平靜的生活。後來劉備三顧茅廬，他才為可以實現統一國家的理想答應出山，並為之鞠躬盡瘁，死而後已。諸葛亮不但以言教，還以身教作為兒子的楷模。

❀

　　「澹泊明志」和「寧靜致遠」是古代文人的座右銘，對今天的讀書人還適用嗎？為甚麼？

夫物之待飾而後行者，其質不美也。

【出處】

《韓非子·解老》：

夫君子取情而去貌，好質而惡飾。夫恃貌而論情者，其情惡也。須飾而論質者，其質衰也。何以論之？和氏之璧，不飾以五彩；隋侯之珠，不飾以銀黃。其質至美，物不足以飾之，夫物之待飾而後行者，其質不美也。

【譯注】

　　那些必須加以修飾才能夠流行起來的東西，它的本質肯定不美好了。

- 待飾：等待修飾，即加以修飾。
- 行：受人歡迎，流行。

【古文常識】

　　在古漢語中「夫」有多種用法，其中一種是用在名詞前，起指示作用，表示近指，即「這」、「這些」；或遠指「那」、「那些」。例如《論語‧先進》：「夫人不言，言必有中。」（這人不說話則已，一說必定中肯。）是近指；蘇軾《日喻》：「夫沒者豈苟然哉！」（那些潛水的人難道是隨隨便便就會的嗎？）是遠指。名句是遠指，作「那些」解。

　　「……者……也」是慣用的句式，與「者」字構成的句子可以作主語。例如《史記‧項羽本紀》：「奪項王天下者，必沛公也。」（奪取項王天下的人，一定是沛公劉邦。）「奪項王天下者」是主語；「必沛公也」是謂語。名言中情況相似。

【應用範圍】

　　這句名言主要是宣揚喜愛內在本質而厭惡外在修飾的觀點。韓非認為專門依靠外表的修飾才能顯示美態而流行的，一定是不美的。作者舉了和氏璧與隋侯珠為例來說明這個觀點：和氏璧不需要用五彩來裝飾，隋侯珠也不必以金銀來裝飾。和氏璧是指春秋時代楚國人卞和在楚山中找到一塊璞玉（蘊藏有玉的石頭），把它獻給楚厲王，使玉工辨識，說是石頭，以欺君罪斷其左足。後又獻玉給武王，仍以欺君罪斷其右足。到文王時，命玉匠剖開璞玉，即傳世的「和氏璧」，可見重質輕文的重要性，因為要發現質的美是不容易的。

　　現在許多人為外表美而整容，你認為有必要嗎？

夫儉則寡慾，君子寡慾則不役於物，可以直道而行；小人寡慾則能謹身節用，遠罪豐家。

【出處】

宋‧司馬光《訓儉示康》：

儉，德之共也；侈，惡之大也。共，同也；言有德者皆由儉來也。夫儉則寡慾，君子寡慾則不役於物，可以直道而行；小人寡慾則能謹身節用，遠罪豐家。故曰：「儉，德之共也。」侈則多慾，君子多慾則貪慕富貴，枉道速禍；小人多慾則多求妄，敗家喪身。

【譯注】

懂得節儉的人就不會貪心，君子慾望少就不受外物所役使，可以按正道辦事；小人慾望少就能約束自己，節省費用，避免犯罪，使家庭豐裕。

- 寡慾：慾望少，不貪心。
- 不役於物：不受外物所役使，不受外界控制。
- 直道而行：是正道，按正道行事。
- 遠罪豐家：避免犯罪，使家庭豐裕。

【古文常識】

　　要注意最後一句「遠罪豐家」中「遠」和「豐」兩個形容詞的用法。「遠」作動詞，意為遠遠地避開，與「罪」合成詞組，即遠離犯罪。「豐」，豐裕，在此句中具有使動意義：「使⋯⋯豐裕」，使家庭豐裕。

　　其他例子如林嗣環《口技》：「京中有善口技者。」（京城有擅長口技的人。）「善」，形容詞，成為動詞「擅長」。又如諸葛亮《出師表》：「以光先帝遺德。」（來使得先帝的美德發揚光大。）「光」，使發揚光大，是形容詞使動用法。

【應用範圍】

　　幾千年來中國人都以節儉為美德，奢侈浪費為罪惡。司馬光這篇家訓，就是針對當時社會奢靡之風而寫的，特別是就官場腐敗的情況而發。他認為要遏止這種風氣，必須培養節儉的美德，否則奢侈成風，君子就會貪圖富貴，歪曲道義，招致禍患；小人則會多所索求，隨意浪費，敗家喪身，官吏必然貪贓受賄。老百姓奢侈就必然偷竊他人財物，做一些違法亂紀的事，危害社會安寧。

　　香港物質極端豐富，許多人追求享受，慾望無窮，說說這種對香港社會，從政府官員以至市民大眾的影響。

安能摧眉折腰事權貴，使我不得開心顏。

【出處】

唐‧李白《夢遊天姥吟留別》：

惟覺時之枕席，失向來之煙霞。世間行樂亦如此，古來萬事東流水。別君去兮何時還？且放白鹿青崖間，須行即騎訪名山。安能摧眉折腰事權貴，使我不得開心顏。

【譯注】

　　怎樣能夠低頭彎腰去侍奉有權有勢的人物，使自己不能自由地開心展笑容。

- 安能：怎麼能夠。
- 摧眉折腰：低下眉頭彎下腰肢，形容卑躬屈膝的樣子。
- 事：侍奉。

【古文常識】

「安」，怎麼，表示反問，多用於助動詞。「安能」，「能」就是助動詞。其他例子如《呂氏春秋‧下賢》：「賢主則不然，士雖驕之，而己愈禮，士安得不歸之？」（賢明的君主就不是這樣，士人即使驕矜，而自己對他越發有禮，士怎能不歸服自己？）

在古文中，名詞常可作動詞用。名言中的「事」作做動詞「服侍」、「侍奉」用。又例如《韓非子‧說難》：「宋有富人，天雨牆壞。」（宋國有個富人，天下雨，他家的牆壞了。）「雨」變成動詞「下雨」。

【應用範圍】

本名句出自李白《夢遊天姥吟留別》。天寶元年（742年），李白到長安做唐玄宗翰林侍奉（文學侍從），這種生活與他的個性格格不入。天寶三年，他終於上書請「還山」，玄宗以他不是朝廷有用之才，同意他離去。他離開長安後漫遊梁、宋、齊、魯（今河南山東）一帶，第二年又離開東魯南下吳、越（今江蘇浙江），此詩即作於此時。在詩中，李白展開了想像的羽翼，以夢遊的形式描繪出天姥山是一個非人間的仙境，寄托了自己對世事的感慨和內心的嚮往。

名句是詩的末句，十分有名，其中突現了李白前無古人的叛逆性格，顯示了他決不會向權貴低眉彎腰乞取功名的錚錚風骨。他向人們宣示：活要活得開心，如果為了功名利祿，窩窩囊囊，奴躬卑膝地活着，那是無法忍受的。李白這種風骨繼承自陶潛的「不能為五斗米折腰向鄉里小兒」（為微薄薪俸向上司點頭哈腰）遂辭官而去的傳統，但反抗性更為強烈，更激動人心，更值得後人仿效。

你認為李白的性格適合於現代嗎？為甚麼？

安得廣廈千萬間，大庇天下寒
士俱歡顏，風雨不動安如山。
嗚呼！何時眼前突兀見此屋，
吾廬獨破受凍死亦足。

【出處】

唐‧杜甫《茅屋為秋風所破歌》。

【譯注】

　　怎樣才能得到千萬間寬敞的樓房，庇護天下所有貧寒的士人，讓
他們都露出歡樂的笑臉？再有大風大雨都安然不動，穩如大山。唉！
甚麼時候才能眼前突然出現這些房屋？哪怕只有我的茅屋破爛，受凍
而死，我也滿足了。

- 安得：怎樣才能得到？
- 寒士：貧寒的讀書人（泛指窮人）。
- 突兀：突然。
- 見：通「現」。

【古文常識】

　　名句中有兩個「安」字，第二個「安」是一般用法，即「安穩」；第一個則是「怎麼」的意思，用於以反問的形式來加強正面論述的語氣及表達效果的句子中。其他例子如歐陽修《賣油翁》：「爾安敢輕吾射？」（你怎麼敢輕視我的射箭技藝？）

　　「廣廈千萬間」中的數量詞與名詞倒置，即「千萬間廣廈」。其他例子如宋代朱敦儒《鷓鴣天》：「詩萬首，酒千觴，幾曾着眼看侯王。」（作千萬首的詩，喝千萬杯的酒，終日在詩酒中娛悅自樂，何曾把那些諸侯正眼看過？）「詩萬首，酒千觴」是萬首詩、千觴酒的倒置。

【應用範圍】

　　杜甫年輕時已很有抱負，希望做一個賢臣，幫助皇帝，使國泰民安，結果卻半生潦倒，飽經患難，長期處在因內亂而漂流的境遇中。這首詩是他逃難到四川成都時寫的。

　　唐肅宗乾元三年（760年）春天，杜甫求親告友，在成都浣花溪邊蓋起一座草堂，暫時有了棲身之所。不料到了八月，大風破屋，捲走了屋頂覆蓋的茅草，隨之俱來的秋雨，又淋得他牀頭全無乾處，整夜無法入眠。眼前的狼狽境遇觸起了他對於戰亂以來所受痛苦的回憶，進而聯想到天下和自己同樣不幸的「寒士」，推己及人，冀盼能有千萬間樓房，好讓天下「寒士」得以安居。

　　杜甫這種濃厚的人道主義精神，千百年來一直激盪着人們的心靈。

　　當你安居在高樓大廈時，可否聯想到住在劏房裏的基層人民的痛苦生活？有沒有想到如何解決這種狀況呢？

竹杖芒鞋輕勝馬，誰怕？
一蓑煙雨任平生。

【出處】

宋・蘇軾《定風波》：

莫聽穿林打葉聲，何妨吟嘯且徐行。竹杖芒鞋輕勝馬，誰怕？一蓑煙
雨任平生。　　料峭春風吹酒醒，微冷，山頭斜照卻相迎。回首向來蕭
瑟處，歸去，也無風雨也無晴。

【譯注】

　　手拄竹杖，腳穿芒鞋，走起路來輕快過騎馬。又有甚麼可害怕
的？就這樣披着一身蓑衣在風雨中任情隨意過一生。

- 芒鞋：草鞋。芒，多年來草本植物，可以造紙，編織草鞋。
- 一蓑：一身蓑衣。蓑衣，用草或棕毛製成的雨衣。
- 任：放縱自己，自由自在。

【古文常識】

在古文中，一般沒有量詞（即表示人、事物或動作的單位的詞，如一「尺」布、跑兩「圈」），如名句中的「一蓑」，就省略了量詞「身」，即「一身蓑衣」，這種情況很普遍，又如王安石《書湖陰先生壁》：「一水護田將綠繞，兩山排闥送青來。」（一灣溪水護衛着田野，圍繞着一條青綠，兩座青山，直像排開門似的送進滿山的青翠來。）「一水」、「一山」都省略了量詞。

【應用範圍】

名句出自蘇軾《定風波》詞，該詞有序云：「三月七日沙湖道中遇雨，雨具先去，同行皆狼狽，已而遂晴，故作此。」三月七日指的是宋神宗元豐五年三月七日。蘇軾在元豐二年（1079 年）因反對王安石新法擾民，把心中不滿抒發在詞中，激怒了新黨，説他誹謗朝政，百般羅織罪狀，必欲置之死地而後快，遂被捕下獄。羈押四個月後，貶官任黃州（今湖北黃岡）團練副使（負責當地防務），詞即作於此時某日在道中遇雨之後。句中寫詩人拄竹杖着芒鞋在風雨中從容、灑脱曠達超然物外的意態，其中以煙雨比喻仕宦之途的蹇困，但自己毫不為惡劣境遇所苦，超然自得，在風雨中過此一生。詞的末句亦是金句：事過之後，回過頭來再看剛才風雨蕭瑟的地方，既沒有風雨，也沒有晴天，意為生存環境順遂也好，惡劣也好，均能坦蕩自如地對付。

論及如何面對挫折的題目時，可以蘇軾為例比較説明。

自反而不縮，雖褐寬博，
吾不惴焉；
自反而縮，雖千萬人，
吾往矣。

【出處】

《孟子·公孫丑上》：

昔者曾子謂子襄曰：「子好勇乎？吾嘗聞大勇於夫子矣：自反而不縮，雖褐寬博，吾不惴焉；自反而縮，雖千萬人，吾往矣。」

【譯注】

　　反躬自問，若是正義不在我，對方縱是身穿寬大粗布衣服的卑賤人物，我也不會去恐嚇他；反躬自問，正義確在我，對方縱是千軍萬馬，我也勇往直前。

- 自反：反躬自問省略語的倒裝，回過頭來檢查自己的思想和言行。躬，身；問，檢查。
- 不縮：理屈，不正義。縮，理直，正義。
- 褐寬博：寬大的粗布衣服。古代卑賤的人穿的衣服，這裏借指卑賤的人。
- 惴：恐懼。粵音最。

【古文常識】

「慌」，句中是動詞使動用法，「使……恐懼」之意。其他例子如《史記‧信陵君列傳》：「然嬴欲就公子之名，故久立公子車騎市中。」（侯嬴為了成就信陵君的名聲，故意使信陵君的車馬長時間地站立在集市上。）「立」是動詞的使動用法。

要注意名句中的「焉」字，作代詞用，指代前文出現的人物或事物，此處指代「褐寬博的人」。其他例子如《論語‧陽貨》：「信則人任焉。」（有誠信別人就任用他。）

【應用範圍】

孟子非常重視培養剛勇之氣，他認為對不可戰勝的敵人要跟對待足以戰勝的敵人一樣，而不是只估量敵人的力量。如果先考慮勝敗的可能才交鋒，這種人若碰到眾多的敵人一定會害怕，那就不可能穩操勝券。

孟子引述曾子的話說：「孔子曾教導我培養剛勇之氣的方法，如果自己理虧，即使對方是普通老百姓，我也不去恐嚇威脅他；如果自己掌握真理，對方縱然是千軍萬馬，我也會勇往直前。」可見孟子的觀點是一個人或一支軍隊，想取得勝利，首先必須掌握正義，掌握真理，然後你才能「雖千萬人，吾往矣」。

閱畢孟子對培養剛勇之氣的方法，說說你的體會。
如果你的對立面勢力非常強大，你會怎麼辦？

君子敬而無失，與人恭而有禮。四海之內皆兄也──君子何患乎無兄弟也？

【出處】

《論語・顏淵》：

司馬牛憂曰：「人皆有兄弟，我獨亡。」子夏曰：「商聞之矣：死生有命，富貴在天。君子敬而無失，與人恭而有禮。四海之內，皆兄弟也──君子何患乎無兄弟也？」

【譯注】

　　做一個君子，嚴肅認真而不出差錯，對待別人詞色恭謹而有禮節。天下之大，到處都是好兄弟──君子何愁沒有兄弟呢？

- 敬：對待人真心誠意，尊重對方。
- 失：失誤，差錯。
- 四海：古代認為中國四周都是海，所以用四海指天下，今指全國各處，也指世界各地。
- 患：憂慮。

【古文常識】

　　古文中常有謂語省略的現象。「與人恭而有禮」一句，在「與人」後面省略了謂語「相處」，全句意為「與人相處恭謹而有禮節」。其他例子如《論語‧公冶長》：「願車馬，衣輕裘，與朋友共，敝之而無憾。」（願意把我的車馬衣服與朋友共同使用，壞了也沒有甚麼不滿。）「共」字後面省略了謂語（動詞）「使用」。

　　注意虛詞「乎」的用法，在句子中間用法與介詞「於」相同，全句意為「何愁於沒有兄弟？」是反問句。這種用法在古文中常見，多見於句中動詞之後，可不譯出。又如《論語‧為政》：「攻乎異端，斯害也已。」（攻擊不同於你的異端學說，危害就可以消滅了。）

【應用範圍】

　　「四海之內皆兄弟」一句膾炙人口，但此語的背景可能很多人不詳。這話出自孔子弟子子夏之口。子夏是春秋末晉國溫（今河南溫縣西南）人，卜氏，名商。一天，有一個叫司馬牛的人憂慮地對子夏說：「人家都有兄弟，單單我沒有。」子夏說：「死生有命，富貴在天，有沒有親兄弟是上天的安排，但是君子只要做事嚴肅認真，對人恭敬而有禮節，那麼天下到處都是兄弟，君子是不愁沒有兄弟的。」可見要做到四海之內皆兄弟是有條件的，首先必須是一個內心敬謹，待人有禮的君子，要從自己修身做起。你對人好，人家才會對你好，大家才會親如一家，否則就會格格不入。

　　你生活在社會上，與人相處，有沒有「四海之內皆兄弟」的感覺？為甚麼？

知者樂水，
仁者樂山。

【出處】

《論語‧雍也》：

子曰：「知者樂水，仁者樂山。知者動，仁者靜；知者樂，仁者壽。」

【譯注】

　　智慧的人喜愛水，仁德的人喜愛山。

- 知：通「智」。
- 樂：喜愛。

【古文常識】

在古代漢語中，用一個音同或音近的字替代另一個字使用的現象，叫做漢字通假，被替代的字叫做「本字」或「原字」，用作替代的字叫通假字。名言中「知」和「智」通假。「智」是本字，「知」是通假字。其他例子如《莊子・天下篇》：「飛鳥之景，未嘗動也。」（飛鳥的影子，並未動過。）「影」與「景」通。

「樂」是形容詞，在這裏活用為動詞「喜歡」，這種用法在古文中並不鮮見。例如《清稗類鈔・馮婉貞勝英軍於謝莊》：「敵人遠我，欲以火器困我也。」（敵人遠離我們，是想要用火炮給我們造成困境。）句中「遠」變為動詞「遠離」；「困」變為動詞「造成困境」。

【應用範圍】

智者為甚麼喜歡水呢？因為水日夜不停地流，好像是毅力堅強的人；順着一定的路線流動，連狹小的縫隙也流到，好像是秉持公正的人；總是向低處流動，好像是知禮的人；奔赴千仞深谷毫不畏懼，好像是知天命（上天的意念和命令）的人；萬物得到它便能生存，失去便會死亡，好像是有德的人；水深而不可測，好像是聖人；這些便是智者喜歡水的原因了。

至於仁者為甚麼喜歡山？因為山巍峨崇高，為萬民所觀瞻仰望；草木在其上生長，眾多生物在此繁殖，飛鳥棲息，野獸聚居，礦產在其中蘊藏，奇人異士在其間隱居。山養育萬物而不厭倦，盡其所有獻給人類。孔子曾說：「仁者愛人」，山正有仁者的品格。

你喜歡水還是喜歡山？我們應該向水或山學習甚麼？

揀盡寒枝不肯棲，
寂寞沙洲冷。

【出處】

宋‧蘇軾《卜算子》：

缺月掛疏桐，漏斷人初靜，誰見幽人獨往來？縹緲孤鴻影。　　驚起卻回頭，有恨無人省。揀盡寒枝不肯棲，寂寞沙洲冷。

【譯注】

　　孤鴻揀完了所有的寒枝都不肯棲息，只好棲息在寂寞的沙洲上忍受着寒冷的折磨。

- 　寒枝：寒風中的樹枝。
- 　沙洲：江河，海濱或淺海中，由泥沙堆積而成的陸地。

【古文常識】

　　古詩中經常使用比興手法，例如用擬人化了的植物或動物的遭遇比喻自己的遭遇。如陸游在《卜算子·詠梅》中用驛外斷橋邊被風雨摧殘的梅花比喻自己被朝廷奸邪所迫害，用梅花即使「零落成泥碾作塵，只有香如故」表現自己堅貞報國的意志和孤芳自賞的情思。這首《卜算子》中，蘇軾借「孤鴻」寧可在沙洲上遭受寂寞寒冷而不隨便棲息，表現自己為了堅持理想，決不苟合世俗的性格。

　　讀名句時要注意，句子之間是跳躍的，不像散文二句之間是聯繫的，容易讀懂。其中的空隙要用想像來補充。名句前句說孤鴻揀盡寒枝都找不到可棲息之處，後句換了一個畫面，描繪寂寞的沙洲寒氣逼人，二者如何聯繫起來，細細揣摩，才知道蘇軾的意思是：寧可在寂寞的沙洲上忍受孤單和寒冷的煎熬。這種欣賞技巧要多讀多揣摩才行。

【應用範圍】

　　這首《卜算子》有「序」云：「黃州定慧院寓居作。」定慧院在黃州（今湖北黃岡）東南，是蘇軾在宋神宗元豐五年（1082 年）十二月寫的，那時他因反對王安石的新政，被新黨誣陷入獄謫官到黃州任團練副使。他曾寫了一首《定風波》詞，表現自己對宦途困躓的超然自得，這首詞則從另一個角度寫雖然受到挫折，仍然堅持理想與抱負，經得起惡劣環境的打擊。從詞中可以看出蘇軾的人生態度，不論在任何情況下都是積極正面的。

當你在學業或事業上遭受挫折時，應向蘇軾學習甚麼？

「敢問夫子惡乎長？」
曰：「我知言，
　　我善養吾浩然之氣。」

【出處】

《孟子・公孫丑上》：

「敢問夫子惡乎長？」曰：「我知言，我善養吾浩然之氣。」曰：「敢問何謂浩然之氣？」曰：「難言也。其為氣也，至大至剛，以直養而無害，則塞於天地之間。其為氣也，配義與道；無是，餒也。」

【譯注】

「請問老師，您長於哪一方面？」孟子說：「我善於分析別人的言論，也善於培養我的浩然之氣。」

- 惡乎長：有甚麼長處。惡：甚麼，怎麼。長：擅長。
- 知言：善於分析言詞。
- 浩然之氣：充塞天地間的正大剛直的精神或氣概。

【古文常識】

　　「惡」，本句中解作「甚麼」、「怎麼」，與平常作與「善」相對的醜、惡或作「討厭」、「憎恨」解不同。其他例子如《孟子·梁惠王上》：「天下惡乎定？」（天下怎樣才能安定？）

【應用範圍】

　　孟子的浩然之氣，在他的人生哲學中佔據着一個突出的地位，也是他對後世儒家修為和修養產生重要影響的一個方面。它對塑造一種宏大而剛健的儒家人格，起了春風化雨的作用。

　　孟子如此描述他所要培養的浩然之氣：「那一種氣，最偉大、最剛強，用正義去培養它，一點不加傷害，就會充滿上下四方，無所不在。那一種氣，是由正義的經常積累所產生的，不是偶然的正義行為能取得的。只要做一件於心有愧的事，這種氣便會疲軟了。」他認為「我們必須把義看成是心性本有，不斷地培養它，時時留心警惕，但也不能違背規律、人為地促它成長。」

　　浩然之氣具有一種巨大無比的人格感召力，主要是由於它具有海洋般廣闊恢宏氣派，它的盛大、剛直、頂天立地的性格，正是富有魅力的儒家聖賢人格的象徵。千百年來，儒家捨生取義、殺身成仁的精神，就是從其中汲取營養的。從南宋的文天祥、明末的史可法等在外敵面前不受威脅利誘，寧死不屈的作為上，我們看到浩然之氣的生命力。

你認為人們需要培養浩然之氣嗎？為甚麼？怎樣培養？

曾苦傷春不忍聽，
鳳城何處有花枝？

【出處】

唐‧李商隱《流鶯》：

流鶯漂蕩復參差，渡陌臨流不自持。巧囀豈能無本意，良辰未必有佳期。風朝露夜陰晴裏，萬戶千門開閉時。曾苦傷春不忍聽，鳳城何處有花枝？

【譯注】

我曾經為傷春之情所苦惱，現在更不忍聽流鶯的哀囀，在長安城裏何處找棲息的花枝？

- 傷春：因春天而傷感，主要是指暮春群芳凋謝令人感到人生的無常。

- 鳳城：舊時京都的別稱，謂帝王居住之城。據說秦穆公女吹簫，有鳳凰降城上，因號丹鳳城，以後遂稱京城為鳳城。

【古文常識】

在古文中有形容詞的為動用法，本句中的「曾苦傷春」就是。為動用法的特點是：用如動詞的形容詞所表示的性質或狀態，是為賓語而產生的，一般譯為「為賓語如何」。「曾苦傷春」，即「為傷春而苦惱」，「傷春」就是「苦」（苦惱）的賓語。

「苦」是因「傷春」而產生的這種例句，可從《韓非子‧和氏》中看到：「和曰：『吾非悲刖也。』」（和氏說：「我不是為被刖──受斷足刑罰而悲傷。」）「吾」是主語，「悲」是形容詞和動詞謂語，「刖」是賓語。動詞與其賓語的關係不是支配關係，根據文意，「悲」這一動作是因「刖」而產生的。「悲刖」就是「為刖而悲」。

【應用範圍】

李商隱一生不得意，長期過着極不安定的游宦（在外地作官，官職不會很大）的生活。本詩使用託物寄懷手法，透過寫流鶯反映自己的遭遇。首二句寫流鶯不斷漂蕩飛過陸地，越過河流，這流蕩不是自願，而且被迫的，「不自持」（自己無法操控）說明了此點。三四句寫流鶯的哀囀總是不被人理解，說明自己一生總是在期遇不合、無所作為中渡過的。五六句寫流鶯不論在甚麼環境中都不停地鳴囀，比喻自己對理想的追求與堅持。

「曾苦傷春不忍聽」二句，表明自己曾經被傷春所折磨，已經傷痕纍纍，不忍再聽流鶯的哀囀，尤其是當前在長安城裏自己連棲息的地方都沒有的時候。

當今社會有才能的人有沒有懷才不遇的情況呢？為甚麼？

無意苦爭春，
一任群芳妒。
零落成泥碾作塵，
只有香如故。

【出處】

宋‧陸游《卜算子‧詠梅》：

驛外斷橋邊，寂寞開無主。已是黃昏獨自愁，更著風和雨。　　無意苦爭春，一任群芳妒。零落成泥碾作塵，只有香如故。

【譯注】

　　沒有意圖在春天爭麗鬥妍，完全聽憑眾花嫉妒排斥，凋零脫落變成泥土或者被碾為灰塵，只有芳香依然存留不散如舊時。

- 苦：苦苦地，費盡心思。
- 群芳：眾花，以芳香借代花。
- 碾：被車輪軋過。

【古文常識】

　　「一」，完全，做副詞用，來限制「任」——聽憑、任憑的。蔣捷的《虞美人·聽雨》中的「悲歡離合總無情，一任階前，點滴到天明。」「一任」的意思相同，句意為「完全聽任那窗外的雨，在階前點點滴滴一直到天亮」。

【應用範圍】

　　這首詞表面上是讚頌梅花，實際上梅花只是象徵，它象徵詩人自己。詞的上半闋寫寂寞的驛站（古代供傳遞公文的人或來往官員暫住、換馬的處所）外面的斷橋邊的梅花的悲慘處境，象徵自己未能展示才華，被秦檜所嫉，斷送了前程。下闋梅花的品德與修養，表面上寫梅花被風雨摧殘而凋零成泥還被車輪碾為塵，形體被消滅了，但「香」——高尚的精神仍然存在，雄心仍在、豪情不減，並不因權臣奸佞的打擊而稍遜。

　　當代政治家兼詩人毛澤東讀陸游這首詞後，「反其意而用之」，從相反角度寫下《卜算子·詠梅》同名的詞，可供閱讀時比較參考：「風雨送春歸，飛雪迎春到。已是懸崖百丈冰，猶有花枝俏。　俏也不爭春，只把春來報。待到山花爛漫時，她在叢中笑。」詞中的梅花不是陸游詞中被侮辱與被損害者的形象，而是凌霜雪在百丈懸崖上向世人展現俏豔的姿態。她是來預報春天到了的信息，並將在漫山遍野綻放的花叢中敞懷歡笑。

　　我們在生活中不可能一帆風順，難免受到種種挫折，是不是應該學習詞中梅花的精神呢？

落紅不是無情物，
化作春泥更護花。

【出處】

清‧龔自珍《己亥雜詩‧其五》：

浩蕩離愁白日斜，吟鞭東指即天涯；落紅不是無情物，化作春泥更護花。

【譯注】

　　紛紛離枝凋謝的落花，並不是無情的東西，它雖然化作春天的泥土，卻更為愛護着新生的花朵。

● 落紅：凋謝的花朵。
● 護花：保護和滋養着新生的花朵。

【古文常識】

　　落紅的「紅」借代花，正如「綠」借代「葉」，例如李清照《如夢令》：「知否？知否？應是綠肥紅瘦。」（你知道嗎？你知道嗎？在這春末夏初的時節，綠葉應該更為肥大，紅花漸漸稀少。）這種形容顏色的詞作名詞用的現象在古詩詞中相當普遍。又如蘇軾《江城子‧密州出獵》：「老夫聊發少年狂，左牽黃，右擎蒼。」（我也要學一學那狂放的少年，左手牽着黃犬，右臂托着蒼鷹。）「黃」借代黃狗；「蒼」借代蒼鷹。

【應用範圍】

　　此詩為龔自珍辭官南歸初離北京時所作。龔氏自祖父起，經父親到自己，世代在京作官，長時間居京，現在由於仕途坎坷，辭官返鄉，心情複雜不平衡，遂於途中觸景抒懷，寫下此詩。

　　前兩句中首句寫夕陽西下，引出無限離愁在心海蕩漾；第二句寫在歎息中舉鞭策馬東行向天涯靠近。天涯指杭州，在北京東南方，故曰「東指」。最後兩句由「惆悵」轉為「激奮」，以形象的比喻反映詩人在任何艱難環境中都不忘獻身國家的精神，把它和陸游《卜算子‧詠梅》中的「零落成泥碾作塵，只有香如故」（即使是花瓣落下碾成泥土，依然如當初綻放在枝頭上散發縷縷清香）相比。有人認為陸游只不過是反映孤芳自賞不失操守的情懷，龔自珍則更進一步表現即使在仕途挫折也不放棄理想，相反的還要更好地實現它的一種信念。

　　不論陸游和龔自珍都表現出古代有抱負的知識份子的高尚情操，你比較欣賞哪一位？為甚麼？

臨大利而不易其義，可謂廉矣；廉，故不以貴富而忘其辱。

【出處】

《呂氏春秋‧忠廉》：

要離可謂不為賞動矣，故臨大利而不易其義，可謂廉矣；廉，故不以貴富而忘其辱。

【譯注】

面臨巨大的利益而不改他的氣節，可以稱得上是廉潔了，正因為廉潔，所以不因為富貴而忘記自己受過的恥辱。

- 易：改變。
- 義：合乎正義的道理或舉動。

【古文常識】

　　「易」在古文中經常作改變解。例如《漢書・賈誼傳》：「改服色制度。」（變改衣服顏色和政治制度，本句說不更改他的氣節。）

　　「以」是介詞，可連接前後兩項，兩項間為因果關係，作「因為」用。例如《論語・衛靈公》：「君子不以言舉人，不以人廢言。」（品德高尚的人不因為〔某人〕話說得漂亮而推薦他，不因為某人不好而不接納他的正確意見。）本名句中的「以」就是這麼用的。

【應用範圍】

　　本名句是《呂氏春秋》中對春秋時期俠士的評價。吳王闔閭使專諸刺殺王僚，取得王位。王子慶忌是王僚之子，武藝高強，故闔閭要殺他而不得，甚是憂慮。要離自薦說：「我行。」闔閭知道他很堅決，於是使用苦肉計，將要離的妻子和兒女焚死，並揚其灰。

　　要離逃到王子慶忌處，待了一段日子。一天他和慶忌一起渡江，行至江水中流，便拔劍刺王子慶忌。王子慶忌揪住要離頭髮，把他投入江中，等他浮出水面，又把他投入江中，重複三次，王子慶忌最後說：「你是天下勇士，放你一條活路，成就你的名聲。」後來要離回到吳國，吳王很高興，要分封國土給他。要離說：「不行。」還說：「我讓你殺死妻子和兒女，燒他們屍體，揚散其灰，是為了事業，但這是不仁；我為原先主人而殺死新主人，是不義。王子愛忌開恩不殺我，作為士，不仁不義又受辱，我決不可能活在世上。」他終於自殺了。

　　作者認為要離廉潔及知恥，是一個道德高尚的人。他的故事對現今的官職人員有何啟示？

第五章

哲理篇

上善若水，水善利萬物而不爭，處眾人之所惡，故幾於道。

【出處】

《老子·第八章》：

上善若水，水善利萬物而不爭，處眾人之所惡，故幾於道。居善地，心善淵；與善仁，言善信，正善治，事善能，動善時。夫唯不爭，故無尤。

【譯注】

最高的美德像水，水善於使萬物獲益而不相爭，它安處於於眾人所憎惡的卑下之地，所以它接近於道。

- 上善：最高的美德，道德最高尚的人。
- 惡：厭惡。
- 道：在道家看來，道是萬物創立的本源，天地萬物都是道自自然然產物的，具有生生不息的生命。

【古文常識】

　　讀古文時，一個句子中用了兩個同樣的詞，要注意它有不同的用法，屬於不同的詞類。例如《史記·西門豹治鄴》：「皆衣繒單衣。」（都穿着綢子單衣。）前一個「衣」是動詞，當「穿着」解，後一個「衣」是名詞，則作「衣服」解。名句中第一個「善」是名詞，作道德解，第二個作「善於」解，是副詞，置於「利」（利用）之前，作狀語，用以修飾或限制「利」這個動詞的。

　　「一」在古文中用法很多，其中一種作「同一」、「一致」解。例如《呂氏春秋·察今》：「古今一也，人與我同耳！」（古今一致，他人和我相同啊！）此名句中「故幾於道」，意為「所以幾乎與道相同」。

【應用範圍】

　　老子將道德最高尚的人與水相比，因為水有三個特性。首先，水能滋養萬物，它為萬物生命得以存在的根源，和陽光、空氣同樣不可或缺。其次，水非常柔軟，東方有決口它就東流，西方有決口它就西流，放在圓的器具裏就作圓形，方形器具裏就成方形，它不和萬物競爭。再者，人們都討厭居住在卑濕污濁的地方，水則不然，它哪裏都去。正因為水具有謙卑的性格，所以不論言、行、治理國事均能發揮才能，善於利用時機，由於水與物無爭，所以不會怨天尤人。

　　仔細觀察水的特性，結合老子的看法，你認為水還有哪些好處值得我們學習呢？

千丈之隄，以螻蟻之穴潰；
百尺之室，以突隙之煙焚。

【出處】

《韓非子‧喻老》：

千丈之隄，以螻蟻之穴潰；百尺之室，以突隙之煙焚。故曰：白圭之行隄，也塞其穴；丈人之慎火也，塗其隙。是以白圭無水難，丈人無火患。此皆慎，易以避難，敬細以遠大者也。

【譯注】

千丈長的河堤，因為螻蟻的洞穴而崩潰；百尺高的房屋，由於煙囪縫隙的煙火而焚毀。

- 螻蟻：螻蛄螞蟻。螻蛄：重要的農業地下害蟲，穴居土中，前足變形為挖掘足，適於掘土。
- 突隙：煙囪的縫隙。突：煙囪。

【古文常識】

「以」，在古文中有多種用法，在名句中是表示原因的介詞，可譯為「因為」。又例如《史記‧廉頗藺相如列傳》：「以相如功大，拜為上卿，位在廉頗之右。」（因為藺相如的功勞大，就拜他為上卿，地位在廉頗之上。）

【應用範圍】

事物的變化一般是由漸變到突變，即由數量上、程度上，由不顯著、逐漸的變化，進入顯著的根本性變化。韓非子在兩千年前已經認識事物的這種變化，因此指出必須防微杜漸，嚴防這樣變化。他說戰國時，有一位水利專家叫白圭，在巡視堤壩時，會小心地堵塞小小的洞穴；老年人在預防火災時，會謹慎地填補煙囪的裂縫，所以白圭治水，不會有水患；老年人防火，不會有火災。可見謹慎地對待細小的缺失，從長遠考慮未來可能發生的大害是多麼的重要。

韓非子又從戰國初名醫扁鵲給蔡桓公醫病的故事，來給自己觀點為佐證。扁鵲初給蔡桓公診治時，病在表皮，要趕快醫治，桓公不聽；十天後扁鵲說病已侵入皮膚，桓公仍不治療；又過了十天，扁鵲說病已入腸胃，再不治就來不及了；再過十天，請扁鵲回來，說病已入骨髓無法醫治了；五天之後，再找扁鵲，他已去了秦國，於是桓公病死。疾病由小至大，禍患也是如此，因此禍患開始時，就得馬上處理。我們平時須經常檢查身體，就是身體有小毛病就要提前醫治。

論述有缺點需及時改正時可用本名句來論證。

子在川上，曰：
「逝者如斯夫，
不舍晝夜。」

【出處】

《論語‧子罕》。

【譯注】

孔子在河邊，歎道：「時光歲月的消逝就像它啊，日夜不停地流去。」

- 川上：河邊。
- 逝：光陰的奔馳、流逝。
- 斯：代詞，此，這，這個。
- 舍：停留，居住。

【古文常識】

　　「者」，結構助詞，用在形容詞、動詞後，起指代作用，指人物、事情、時間、地點等，可譯為「的人」、「的事」、「的東西」等。各句中的「者」代流逝時光。又如《史記‧陳涉世家》：「卜者知其意。」（算卦的人知道他們的意圖。）

　　「夫」，語氣助詞，表示感歎語氣。例如方苞《獄中雜記》：「孟子曰：『術不可不慎。』信夫！」（孟子說：「選擇職業不可不慎重，真對啊！」）此名句中也是這麼用的。

　　「舍」，此處作動詞，作停留、止息解。「不舍」，不停息。這種用法他處也有，例如《周書‧閻慶傳》：「士卒未休，未嘗先舍。」（士卒還沒有休息，閻慶不曾先去休息。）

【應用範圍】

　　有人認為孔子這話是感歎光陰之奔馳而不復返，有人則認為這是《論語》全書中最重要一句哲學話語。儒家哲學重實踐、重行動，以動為體，並及宇宙。《周易》中的「天行健，君子以自強不息。」（見頁8）就說明這點，從而把它與一切以「靜」為體的哲學和宗教區分開來。孟子在《離婁下》中認為孔子幾次提到水，是因為有本源的泉水滾滾往下流，晝夜不停，把低窪之處注滿，又繼續往前奔流，一直流到海洋中去。蘇軾在《前赤壁賦》中對這句話的看法是：「江水總是這樣不斷奔流，可是始終沒有流去（因為江水始終是這個樣子）。從變動一方面看，天地間萬事萬物連一瞬間都不停留地變化；從不變一方面看，萬物和人類都是永遠存在的。」此觀點也極富哲理性。

你喜歡水嗎？為甚麼？孔子的話對你有甚麼啟示？

五色令人目盲，
五音令人耳聾，
五味令人口爽。

【出處】

《老子・第十二章》：

五色令人目盲，五音令人耳聾，五味令人口爽。馳騁畋獵，令人心發狂。難得之貨，令人行妨。是以聖人為腹不為目，故去彼取此。

【譯注】

　　繽紛的色彩使人眼瞎，多種的音響使人耳聾，各類的味道使人不辨味道。

- 五色：青、黃、赤、白、黑。
- 五音：中國古代五聲音階中的宮、商、角、徵、羽五個音級，相當於現行簡譜中的 1、2、3、4、5。
- 五味：酸、甜、苦、辣、鹹。
- 口爽：口失去味道。爽：失去，如爽約。

【古文常識】

　　老子善於用大自然現象比喻人事，表達哲理，例如「上善若水」（見頁 144），用水來比喻美德，因為水善於使萬物獲益而不相爭。本名句也是用大自然的色、音、味來說明哲理，大自然的色、香、味本來是讓人欣賞、品味的，但是由於人的使用不當，使人目盲、耳聾、味爽，用的是悖論手法。

【應用範圍】

　　本名句寫於兩千五六百年前，卻仍適用於當今高科技，物質豐富，物慾橫流的時代。老子生活的時代，由於生產力的低下，生活消費品的供應與分配遠遠不能與現在相比，但是他似乎已經預言到今天消費主義令全球憂慮的情況。

　　人創造了科技，生產了物質，但是當前已異化為人被科技、被物質所左右。為了無限度的追求視覺享受，創造出各種令人眼花繚亂的繽紛色彩，使人們視覺遲鈍，不辨色澤的美醜。例如進了服裝店，形形色色布料縫製的服裝，使你在取捨之間遲疑不決；為了無限度追求聽覺享受，音樂家製造了各種各樣的音響，震耳欲聾的搖滾樂等的音響，使人聽覺遲鈍，不辨音響悅耳與否；為了無限度追求舌尖的享受，上窮碧落下黃泉，尋覓各種美味食料，並創造了多樣新的烹調方式，使人們味蕾遲鈍，不辨味道的甘美與否。這是人類的進步還是退步呢？

　　你同意消費主義令人目盲、耳聾、口爽的觀點嗎？說說理由，你有沒有名句中所說的情況？試記敘這件事。

天下莫柔弱於水，
而攻堅強者，莫之能勝，
以其無以易之。

【出處】

《老子・第七十八章》：

天下莫柔弱於水，而攻堅強者，莫之能勝，以其無以易之。弱之勝
強，柔之勝剛，天下莫不知，莫能行。是以聖人云：「受國之垢，是謂
社稷主；受國不祥，是謂天下王。」正言若反。

【譯注】

　　天下的東西沒有比水更柔弱的，但能攻堅克強的沒有能勝過水
的，這是因為沒有東西可以代替它。

　● 莫：沒有。

　● 易：更替。

【古文常識】

「莫之能勝」是賓語倒置，原先應該是「莫能勝之」，「之」是它（水），沒有能戰勝水。這種句法在古文中相當普遍，例如《韓非子·五蠹》：「吾有老父，身死莫之養也。」（我有年老的父親，我死了沒有人養活他了。）「莫之養」即「莫養之」，「沒有人養活他」之意。

「以其無以易之」，兩個「以」字用法不同。第一個作「由於」、「因為」解；第二個作「拿來」、「用來」解，直譯：「因為水沒有東西可以拿來代替它。」其他例子如《史記·陳涉世家》：「扶蘇以數諫故，上使外將兵。」（扶蘇因為多次勸諫秦二世的緣故，秦二世派他出去帶兵。）這是當「因為」解；《韓非子·鄭人買履》：「何不試之以足？」（為甚麼不用腳來試試？）就是當「用來」解。

【應用範圍】

《老子·第八章》說：「上善若水」，是從德行方面把人與水比較，來說明最善的人像水，因為萬物均靠水的滋養而生存，但水從來不爭取甚麼，而是自甘處於卑下的地位。本名句則是從水雖然柔弱，卻是無堅不摧，世上無物可以替代：「以柔克剛，以弱勝強」，此一理念在中國廣為人們所接受。公元 338 年，晉相謝安以八萬軍隊打敗秦苻堅八十萬大軍，為人們所津津樂道就是一個範例。在這段話中，還指出處身愈低下，受屈辱愈多，成就愈大，能夠承受全國的屈辱，就會成為全國的君主，越王勾踐就是如此。

在自然界中柔弱的水可以無堅不摧，這對人際相處上帶來甚麼啟示？試論述你的觀點。

百戰百勝，非善之善也；
不戰而屈人之兵，善之善者也。

【出處】

《孫子兵法・謀攻》：

凡用兵之法，全國為上，破國次之；全軍為上，破軍次之；全旅為上，破旅次之；全卒為上，破卒次之；全伍為上，破伍次之。是故百戰百勝，非善之善者也；不戰而屈人之兵，善之善者也。

【譯注】

　　打一百次戰，勝了一百次，不算是高明中的高明，能夠不經戰鬥而使敵軍降服的，才是最高明的。

　　● 善：高明。

　　● 屈：屈從，屈服。

【古文常識】

一般句子，主語是動作的施行者，賓語是動作的對象。例如《史記·陳涉世家》：「陳涉素愛人。」（陳涉平時愛護別人。）但是，動詞如果採用了使動用法，那麼句子的主語就不是動作的施行者，而只是主語使賓語發生某個動作。實際上，使動用法就是「使賓語動」的用法，它所表達的含義是：主語使賓語怎樣。例如《墨子·公輸》：「子墨子曰：『胡不見我於我？』」（墨子説：「為甚麼不讓我見國王？」）「見我」、「讓我見」，就是使動用法。名句中的「屈人之兵」，意為使敵軍降服，就是使賓語（敵軍）動（降服）。

「者」與「也」連用為「者也」，表示判斷。在名句中，即是如此判斷：能屈人之兵才是最高明的。另一例子如《孟子·學弈》：「弈秋，通國之善弈者也。」（弈秋是全國最擅長下棋的人。）

【應用範圍】

《孫子兵法》作者孫武，春秋時兵家，齊國人，他在中國兵家學上的地位，如同孔子在儒學上的地位一樣，是中國的「兵聖」。日本人最崇拜孫子，稱為「東方兵聖」。歐美各國軍事院校均以《孫子兵法》為必讀名作之一。名句為港人所熟悉，並且常被運用。孫子的意思是：作戰用兵，不論戰備多麼精良，訓練如何嫻熟，打起戰來，總有傷亡，雖然戰勝了自己的實力也受到損傷，所以希望能做到不戰而屈人之兵。要做到這點，唯有使用政外交等手段，使敵人在無形中削弱實力，形成不得不屈服的局面，以達到兵不血刃的目的。

不戰而屈人之兵最重要的措施是甚麼？是謀略、外交，還是軍力？

身是菩提樹，
心如明鏡台，
時時勤拂拭，
勿使有塵埃。

【出處】

唐・神秀《神秀偈》，見《敦煌・壇經》。

【譯注】

　　身軀就是菩提樹，心靈如同明鏡台，時常勤加拂拭，不要讓它留有塵埃。

- 菩提樹：本名畢缽羅樹，相傳釋迦牟尼曾坐在這種樹下冥思苦想，悟道成佛，所以稱為菩提樹。菩提，譯自梵語（印度古代的一種語言）Bodhi，意譯為「覺」、「智」、「道」等。菩提樹在佛教徒心目中是神聖的東西。
- 明鏡台：即梳妝鏡，指人明淨的內心。
- 塵埃：喻外界物慾的誘惑，此句又作「勿使惹塵埃」，意同。

【古文常識】

名句的文體稱為「偈」，是梵語 gatha 的簡稱，亦稱偈語或偈經，是佛教徒的短詩警句，乃屬禪門語錄的一種。禪宗（中國佛教宗派之一）以此判斷是非，解開迷悟，啟發智慧，是歷代禪師智慧的流露，乃學禪者的指路燈。語錄大多為禪師口語，由親隨左右的門下弟子隨時筆錄下來結集而成。這些語錄有豐富深刻的內涵和特別的思維方式，閱讀時不能以一般邏輯推理領會其中的禪機。例如印宗法師講《涅槃經》時，僧侶見到「風吹旛動，一僧曰：『風動。』一僧曰：『旛動。』議論不已。惠能進曰：『不是風動，不是旛動，仁者心動。』一眾駭然。印宗法師延請他上講席。」（見《六祖大師法寶壇經》）這是由於禪宗哲學是一種極端主觀唯心的哲學，他們認為人的內心就是一切，世上所有事物和現象都是隨主觀的內心世界發生和消滅。

【應用範圍】

名句作者神秀（約 606－706 年），禪宗北宗創始人，俗姓李，少年出家，在禪宗五祖弘忍門下。弘忍大師將圓寂時，召集門下弟子，請他們把學佛心得，各用禪偈形式寫出，神秀跟隨弘思多年，不加思索寫出本篇偈語，意思是人的身心本來是純淨通明的，想保持這種狀態，不受外在花花世界所誘惑、被污染，就必須經常揮擦明淨的心鏡，即勤加修煉，不可懈怠。這是禪宗的「漸悟」修行方式。

你認為「時時勤拂拭，勿使有塵埃」能提高我們的道德修養嗎？

欲窮千里目，
更上一層樓。

【出處】

唐・王之渙《登鸛鵲樓》：

白日依山盡，黃河入海流。欲窮千里目，更上一層樓。

【譯注】

要看盡千里外的景物，須得再登上一層高樓。

- 鸛鵲樓：一名鸛雀樓，故址在今山西永濟縣西南城上，因常有鸛雀棲息其上，故名。後被河水沖沒，唐時為登臨勝地，樓高三層，前瞻中條山，下瞰黃河。
- 窮：用盡。
- 更：再。

【古文常識】

　　「窮」，盡的意思，本來是形容詞，這裏與「千里目」的「目」字相連，意為「用盡目光」，整句意為用盡目光看千里外的事物。

　　在古漢語中，形容詞在一定的條件下會失去其形容詞的特點而活用為動詞。例如《孟子．齊桓晉文之事章》：「幼吾幼以及人之幼——愛護我家的兒女，並推廣到愛護別人家的兒女。」句中的「幼」，本來是形容詞「幼小」，此句轉化為動詞「愛護」。

【應用範圍】

　　要讀懂這兩句，得與前兩句聯繫起來理解。前兩句「白日依山盡，黃河入海流」，是夕陽順着山勢西沉，只見滾滾黃河往大海奔流，前者是仰望，後者是俯瞰，然後才是三四句中説自己所站的位置雖然已相當高，但是「欲窮千里目」，非得「更上一層樓」。這兩句一直被借來鼓勵人們對理想更高的追求，亦説明人只有廣闊的胸襟，站得高，才能看得遠，面對河山的讚美升華為人生的感悟。

　　結合名句，以「站得高，才能看得遠」為題作文，説説崇高理想的重要性。

菩提本無樹，
明鏡亦非台，
本來無一物，
何處惹塵埃。

【出處】

唐・惠能《惠能偈》，見《敦煌・壇經》。

【譯注】

　　菩提原本就沒有樹，明亮的鏡子也並不是台，本來就是虛無沒有一物，哪裏會沾上甚麼塵埃。

- 菩提本無樹：禪宗北宗創始人神秀用「身是菩提樹，心如明鏡台，時時勤拂拭，勿使有塵埃」一偈，表達了他對佛教教義的理解，此句針對「身是菩提樹」一句，指菩提樹這種物質根本不存在，人的身軀同樣也是虛幻的。
- 明鏡亦非台：此句針對「心如明鏡台」一句，表示明鏡台也不是真實的存在，所謂「心鏡」也是靠不住的。
- 本來無一物：一作「佛性本清淨」。

【古文常識】

　　禪宗是中國佛教重要流派之一，其教義對中國文化有巨大的影響。內容十分豐富，這裏只談與此偈語有關的「漸悟」與「頓悟」兩個術語。神秀偈：「身是菩提樹，心如明鏡台，時時勤拂拭，勿使有塵埃。」意思是眾生的身體本來是神聖的，內心是純淨的，像明鏡般清澈，但避免不了外在灰塵（世俗的妄念）所污染，因此必須時時勤加拂拭，採取循序漸進的修行方式，才能保持內心的清淨和智慧。這種修行方式稱「漸悟」或「漸修」。而惠能這首偈語則表現「頓悟」的佛教觀。他認為眾生本來就有佛性，內心是清淨通明的，即使暫時陷入迷惘煩惱之中，這種佛性並未消失，不管處於何種遭遇，只須剎那間體認本心，即可頓悟成佛，並不需要經過長期持戒修行。

【應用範圍】

　　這首偈語作者惠能（648－713 年），亦作慧能，禪宗南宗的開創人，俗姓盧，年輕時家境貧苦，曾做過樵夫，得到禪宗五祖弘忍的真傳。弘忍大師圓寂時，曾召集門下弟子寫下學佛心得，當時神秀寫了「身是菩提樹」一偈，表達了漸修的佛教觀；惠能寫了「菩提本無樹」一偈，講了另一番道理。他認為外在世界的一切都是虛幻的，既無智慧樹般的身軀，亦無明鏡般的心靈。人本來就有佛性，清淨通明，根本惹不上塵埃，只要人們在當下一念之間徹悟，就能立地成佛。與神秀的佛教觀針鋒相對。

比較神秀和惠能佛教觀，對於信眾，哪個較有吸引力呢？

愛人不外己，己在所愛之中。
己在所愛，愛加於己。
倫列之愛己，愛人也。

【出處】

《墨子・大取第四十四》：

為天下厚禹，為禹也。為天下厚愛禹，乃為禹之愛人也。厚禹之加於天下，而厚禹不加於天下。若惡盜之為加天下，而惡盜不加於天下。愛人不外己，己在所愛之中，己在所愛，愛加於己，倫列之愛己，愛人也。

【譯注】

　　愛別人並不把自己排除在外，自己是在被愛的人之中，自己在所愛的人之中，那麼愛也施加在自己身上，無差等地愛自己，也就等於愛別人了。

- 加：施加。
- 倫列：倫，列，都是等（齊一）的意思，即墨家所謂「愛無差等」。

【古文常識】

　　「外」是方位名詞，可用作動詞。例如馬中錫《中山狼傳》：「（狼）下首至尾，曲背掩胡。」（〔狼〕彎下頭來碰到尾巴，弓起背脊，遮住下巴底下的垂肉。）名句中的「不外己」的「外」，即「排除在外」之意。

　　又：句中的「所」是代詞，和後面的動詞「愛」相連，可譯為「所愛的人」。

【應用範圍】

　　孔子和墨子都主張人要相愛，但孔子的愛是分等級的。孔子強調愛有親疏尊卑之分，愛要受「禮」的規範和制約，它必須在宗法制度允許的範圍內施行。墨子所謂的愛是「兼愛」，是一種泛愛，他要求人們要無條件地愛一切人，不僅要愛親人，也愛別人，要愛天下人。他認為，愛他人，也包括愛自己，或者說愛他人，就是愛自己，「愛人不外己，己在所愛中」，就是這個意思，《墨子‧兼愛中第十五》說：「夫愛人者，人必從而愛之。」「惡（憎惡）人者，人必從而惡之。」可見不論做甚麼事，都要從愛出發，如果人人能兼相愛，愛人若愛己身（自己），那麼國家社會就大治了。

當你為社會做好事時，有沒有想到這也是在為自己做事呢？
你同意墨子這句名言嗎？請結合實際例子談談。
這句話與「我為人人，人人為我」是不是相同呢？

禍兮福之所倚，
福兮禍之所伏。

【出處】

《老子·第五十八章》：

禍兮福之所倚，福兮禍之所伏。孰知其極，其無正。正復為奇，善復為妖。人之迷，其日固久。

【譯注】

　　災禍啊，裏面隱藏着幸福；幸福啊，下面潛伏着災禍。

- 兮：語氣詞，相當於「啊」。
- 倚：憑倚，倚仗。
- 伏；潛伏，隱藏。

【古文常識】

　　「兮」，語氣詞，可以用在句中或句末，在此句中用於句的中間。其他例子如《詩經・小雅・蓼莪》：「父兮生我，母兮鞠我。」（父親啊，生我；母親啊，育我。二句乃互文對舉，意為父母生我育我。）

　　「所」，特殊代詞，用在動詞前面，譯為「……的人」、「……的東西」。例如韓愈《勸學》：「吾嘗終日而思矣，不如須臾之所學也。」（我曾經整天地思考，不如一會兒學到的東西多。）「所」，指代學到的東西。名句中「所倚」、「所伏」，意為憑倚的地方、潛伏的地方。

【應用範圍】

　　一切事物都是由正反兩方面構成的，而這兩方面互相包容、相互轉化（對立的事物互相轉化），但是人們往往只注意到事物對立的兩個方面，而忽略了它們的轉化。老子的話告訴我們，觀察事物時要擴闊視野，認識到禍福相依，不可因福的來臨而忘乎所以，也不必因禍患的降臨而悲傷失望，如果仔細觀察，可以發現福禍相因是有路可循的，例如你成功時，驕傲起來，就是禍將出現的前兆；你失敗時，找出失敗的原因，不氣餒，可能就是成功的轉捩點。

　　《淮南子・人間訓》中「塞翁失馬」的寓言，可以形象化地說明了老子這一哲理思想：古時有一個住在塞上的老人丟了一匹馬，別人來安慰他，他說：「怎麼知道這不是一件好事呢？」後來這匹馬果然帶了一匹胡地的駿馬回來。

　　名句中表現的事物互相轉化的思想，可以運用到生活的各個方面。

雛鳳清於老鳳聲。

【出處】

唐‧李商隱《韓冬郎即席為詩相送，一座盡驚。他日余方追吟「連宵侍坐徘徊久」之句，有老成之風，因成二絕寄酬，兼呈畏之員外》其一：十歲裁詩走馬成，冷灰殘燭動離情。桐花萬里丹山路，雛鳳清於老鳳聲。

【譯注】

幼小鳳凰的鳴聲比年老鳳凰的鳴聲清亮悦耳。

* 雛鳳：幼小的鳳凰。鳳凰，古代傳說中的百鳥之王，雄的叫「鳳」，雌的叫「凰」，通稱為「鳳」或「鳳凰」。
* 清：聲音清亮悦耳。

【古文常識】

名句是一個省略句，原本應該是「雛鳳聲清於老鳳聲」，其中省略了一個「聲」字，這是因為聲律有字數的限制。其他例子如杜牧《山行》：「霜葉紅於二月花」，應為「霜葉紅於二月花紅」，與前句不同之處為後省略。

「於」在古文中有許多用法，本句用在形容詞之後，引進用來比較的事物，相當現代漢語的「比」。例如荀子《勸學》：「冰，水為之而寒於水。」（冰，是水變成的，卻比水涼。）

【應用範圍】

李商隱（813－858 年），祖籍懷州河內（今河南沁陽縣）。他在唐宣宗大中五年（851 年）秋末到梓州（今四川三台縣），在東川節度使柳仲郢幕府工作，從長安去梓州時，連襟韓瞻，字畏之，設酒席餞行，韓瞻兒子韓偓（唐末著名詩人），小字冬郎，只有十歲，在酒席上寫詩送行，十歲孩子寫送行詩，令一座人驚奇。直至大中十年（856 年），作者跟柳仲郢回到長安，追吟冬郎送行詩「連宵侍坐徘徊久」，覺得十歲孩子寫得很「老成」（成熟），沒有孩子氣，因此寫了兩首絕句寄給韓冬郎酬答他的送行詩，兼送給韓瞻看，那時冬郎已經十五歲了。本名句是第一首的末句。句中用了非常巧妙的比喻，表現雛鳳的鳴聲比老鳳的鳴聲清亮悅耳。雛鳳指冬郎，老鳳指父親韓瞻，形容兒子才華勝過父親。此為傳誦千古的名句，曾被中國溫家寶總理在全國人代會引用過，帶出後浪推前浪、一代新人勝舊人的意旨。

透過此名句，説説李商隱的為人，以及你對其名句的看法。

寵辱若驚，
貴大患若身。

【出處】

《老子‧第十三章》：

寵辱若驚，貴大患若身。何謂寵辱若驚？寵為上，辱為下，得之若驚，失之若驚，是謂寵辱若驚。何謂貴大患若身？吾所以有大患者，為吾有身；及吾無身，吾有何患？故貴以身為天下，若可寄天下；愛以身為天下，若可托天下。

【譯注】

　　得到榮寵和受到恥辱都會心驚膽戰，招致大禍，完全在乎自身。

- 寵辱：榮寵恥辱。
- 若：乃，就。
- 貴：看重。

【古文常識】

「若」有許多意思，但很少作「乃」、「就」解，所以要特別注意。除本名句外，還有黃宗羲《張元岵先生墓志銘》：「上天之意，視斯民之困苦，若不得不雨。」（上天的意思，看到這些黎民百姓的困苦，就不得不下雨。）

「貴」本來是形容詞，這裏作動詞「看重」解。例如《史記·屈原列傳》：「卒使上官大夫短屈原於頃襄王。」（終於讓上官大夫在楚襄王面前詆毀屈原。）「短」是形容詞，說人「短處」，即詆毀。

【應用範圍】

人們不論是得到榮寵，或是遭受恥辱，都不可能無動於衷。得寵欣悅，受辱惱怒，這是因為得寵是高尚的、光榮的，受辱是低下的、可恥的，都能使人情緒激動。所以得寵驚，受辱亦驚，其根源是因為「有我」而起。倘若「無我」，就無所謂「寵辱」，也無所謂「驚」了。

歷史上許多民族英雄，如文天祥、史可法；革命先烈如譚嗣同、林覺民，他們能義無反顧，從容就義，就是這種「無我」精神的表現，所以要仔細閱讀上引的四句話：「故貴以身為天下，若可寄天下；愛以身為天下，若可托天下。」名句中，「寄天下」與「托天下」意思相同，即一個人能為天下、為國家犧牲自己，如林則徐那樣：「苟利國家生死以，豈因禍福避趨之。」（假設有利於國家社稷可以去死，即使災禍也不會避開。）

你如何處理個人與團體的利益？有矛盾時會以哪個為先？

飄風不終朝，驟雨不終日。
孰為此者？天地。
天地尚不能久，而況於人乎！

【出處】

《老子・第二十三章》：

「希言自然，故飄風不終朝，驟雨不終日。孰為此者？天地。天地尚不能久，而況於人乎！故從事於道者，同於道；德者，同於德；失者，同於失。」

【譯注】

　　暴風不會整早刮個不停，急雨不會全天下個不止，誰造成這種現象呢？是大自然。大自然尚且不能夠維持長久，何況是人呢！

- 飄風：旋風，暴風。
- 終：整個，終朝，整個早上。終日，全天。
- 孰：誰。
- 此：指代上述現象。

【古文常識】

　　「飄風」二句：使用互文對舉修辭法，意謂「飄風」、「驟雨」均「不終朝」、「不終日」，即「整朝」「整日」都「飄風」「驟雨」，因為風雨是不可能分開的，這種修辭法在古文古詩中常有運用，例如王昌齡《出塞》的首句：「秦時明月漢時關」，意謂明月是秦漢時明月，關亦是秦漢時的關。

　　「者」，可以做代詞「……的人」，也可作助詞，無義。例如《廉頗藺相如列傳》：「廉頗者，趙之良將地。」（廉頗，是趙國的良將。）這句與名句「孰為此者」的「者」字，同是助詞。

【應用範圍】

　　在名句中所表現的老子的政治想理想或是人生哲理，都是崇尚自然。老子主張清淨無為，認為自然界的現象均不能持久。不論是狂風暴雨都會有過去的一天，人為的東西，更不可靠了，一切聽其自然吧。有人認為句中的「飄風」、「驟雨」代表暴虐的政治統治，而這統治是不能持久的。

　　你同意老子的「大自然不停地轉變，人事更不可恃，一切聽其自然」的人生哲學嗎？

　　你認為人和大自然的關係應該怎樣才是正常的？

第六章

國事篇

一騎紅塵妃子笑，
無人知是荔枝來。

【出處】

唐‧杜牧《過華清宮三絕》(選一首)：

長安回望繡成堆，山頂千門次第開。一騎紅塵妃子笑，無人知是荔枝來。

【譯注】

　　一個人騎着一匹馬揚起滾滾沙塵急奔長安，宮裏的妃子開懷笑了，沒有人知道那是專程為送荔枝而來。

- 華清宮：在今西安，是唐玄宗、楊貴妃遊樂的地方。
- 一騎紅塵：指送荔枝的人騎着快馬急馳而來，踢起的滾滾沙塵。
- 妃子：指楊貴妃。

【古文常識】

　　「騎」，是動詞，在名句中作名詞用，即「馬」的意思。「一騎」，一匹馬，中間省略了單位詞「匹」。動詞作名詞用在古文常見，例如《論語・雍也》：「一簞食，一瓢飲。」（一竹筐飯，一瓢飲料）。「食」、「飲」本來是動詞「吃」、「喝」的意思，這裏放在單位詞之後變為名詞「飯」和「飲料（水）」。

【應用範圍】

　　名句中是寫唐朝楊貴妃喜歡吃鮮荔枝，唐玄宗下令地方官從遙遠的南方送到長安，為保持荔枝新鮮不變味，沿途設驛站（古代在驛道上設置供傳遞公文的人以及來往官員中途休息、居住的地方），用快馬飛馳接運，致使「人馬僵斃，相望於道」。

　　這兩句是説只有看到一騎飛奔而來就會心地笑了，可是沒有人知道這是為荔枝而來，因為一般人都以為這匹馬是為傳送緊急公文，為送荔枝如此荒唐的事，誰能料到？

　　歷史上專制帝王做荒唐事屢見不鮮，大家可以説説自己所知的帝王荒唐事，並討論當前有些國家由於專制或制度不民主而產生的不合理現象及其後果。

人生自古誰無死，
留取丹心照汗青。

【出處】

宋・文天祥《過零丁洋》：

辛苦遭逢起一經，干戈寥落四周星。山河破碎風飄絮，身世浮沉雨打萍。惶恐灘頭說惶恐，零丁洋裏歎零丁。人生自古誰無死，留取丹心照汗青。

【譯注】

　　人生自古以來，有誰不死呢？我們應當赤誠為國，在史冊上留下耀眼的光輝。

* 零丁洋：在中國南海北岸，澳門與香港之間。
* 留取：留下。
* 丹心：丹，朱紅色；丹心，赤誠忠貞之心。
* 汗青：古代使用竹簡書寫，書寫前先把青竹放在火上烤，讓它「出汗」（去掉水分），以便書寫並防蟲蛀，故稱「汗青」。此句借替史冊。

【古文常識】

　　「人生」，有三種解釋：人的生命、生活；人的一生。要根據上文下理來解釋。名句中可解為「人的生命」。蘇軾《東摘梨花》：「人生看得幾清明」中的「人生」則應解作「人的一生」，意為「人的一生能看得幾回這樣的清明節呢？」古代文人常常詠歎人生，一般人讀時多忽略內涵，其實應該仔細分辨，才能了解句意。

【應用範圍】

　　文天祥（1236－1282年），是南宋偉大民族英雄，1278年文天祥被俘，元軍元帥、漢奸張弘範逼迫他給保衛厓山的宋將張世傑寫勸降信，文天祥就把這首詩拿給他看，張弘範只得打消了勸降的念頭。可見這兩句詩中表現出堅貞不屈的愛國情操。經過多年囚禁，1282年正月，文天祥英勇就義。

　　談及當前香港青年普遍的國家觀念，包括好的方面和不足之處，可結合文天祥的愛國精神加以論述。

人生孰無死，貴得死所耳。
父得為忠臣，子得為孝子。
含笑歸太虛，了我份內事。

【出處】

明‧夏完淳《獄中上母書》：

人生孰無死，貴得死所耳。父得為忠臣，子得為孝子。含笑歸太虛，了我份內事。大道本無生，視身若敝屣。但為氣所激，緣悟天人理。惡夢十七年，報仇在來世。神遊天地間，可以無愧矣。

【譯注】

　　人生誰沒有死，可貴在死得有意義。父親能做忠臣，兒子能做孝子，我可以含笑返回天堂，因為我已經完成份內的事。

　◦ 孰：誰，哪一個。

　◦ 死所：死得其所的省略，原意為死在應該死的地方，此處意為死得有價值。

　◦ 太虛：道家指空寂之境，這裏指天堂。

【古文常識】

「死所」的「所」是處所、地方。例如《詩經・碩鼠》：「樂土，樂土，爰得我所。」（有了安樂的鄉土，就得到我的好去處。）

「了」有很多用法，在名句中作「了結」、「完成」解。例如晉《傅咸傳》：「官事未易了也。」（官家的事務不易了結。）

【應用範圍】

明末少年民族英雄夏完淳（1631－1647年），字存古，華亭（今上海松江）人，十四歲時跟隨父親夏允彝，老師陳子龍共同抗清。父親兵敗自殺，他跟隨陳子龍起兵太湖抗擊清兵，不久被清兵所捕。臨死前，他在獄中寫遺書給母親，名言就為遺書末段的幾句話。

夏完淳在被捕後，清統帥洪承疇曾誘他降清。夏完淳知道洪承疇曾是明朝兵部尚書（負責全國軍事的長官），曾率兵十三萬人與清兵在松山（今遼寧錦州南）會戰，大敗被俘，誤傳他戰死，崇禎皇帝還為他舉行國祭，不久證實他已降清，便故意揶揄洪承疇：「洪兵部能以身殉國名垂青史，我夏完淳願步其後塵，死而無憾！」洪承疇無言以對，把夏完淳殺了。

夏完淳在遺書末段中對人生價值作了有意義的探索，認為人來自於自然而復歸自然，生死乃正常之事，人生的價值在於完成自己「份內」的事業，以對國家的貢獻來顯示生命的存在價值。

夏完淳十四歲參軍抗清，十七歲為國犧牲，從容就義，與他相比，我們這一代年輕人有哪些落差？試予以說明。

三十功名塵與土，
八千里路雲和月。
莫等閒、白了少年頭，空悲切！

【出處】

宋·岳飛《滿江紅》：

怒髮衝冠，憑闌處、瀟瀟雨歇。抬望眼、仰天長嘯，壯懷激烈。三十功名塵與土，八千里路雲和月。莫等閒、白了少年頭，空悲切！　　靖康恥，猶未雪。臣子恨，何時滅？駕長車踏破，賀蘭山缺。壯志饑餐胡虜肉，笑談渴飲匈奴血。待重頭、收拾舊山河，朝天闕！

【譯注】

　　年歲三十，所建立的功業，如塵似土，微不足道，但仍然帶兵疆場轉戰南北，披星戴月，日夜奔馳。一定不要輕易地讓少年頭髮華白，換來的只是白白的悲傷淒切！

- 八千里路句：說明岳飛帶領軍隊抗金，南征北戰，征途遙遠和艱辛。「八千里」，非確指，表示多、長而已。
- 等閒：輕易地。「莫等閒」三個字要和下面的「白了少年頭」連起來讀，意思才能貫通。

【古文常識】

「空」：空空的，根據句意，應解釋為徒勞，沒有用的意思，就是説「悲傷淒切都沒有用」。讀古文時一定要靈活，要揣摩出詞語的引申義，倘若死讀就無法解釋明白。

其他例子如南宋姜夔的《揚州慢》：「漸黃昏，清角吹寒，都在空城。」（靠近黃昏，淒涼的號角吹來了寒意，都散佈在這座空城裏。）其中「漸」字本意為「漸漸」，這裏可引申為「靠近」。

【應用範圍】

岳飛（1103－1142 年）是南宋抗金名將，他少年就從軍，戎馬一生，為抵抗金兵的入侵，南征北戰。他視功名如塵土，一心只關心國家的命運，並為之奮鬥終身。「莫等閒、白了少年頭，空悲切！」這句千古至理名言，是岳飛自勉，也是對他人、後人的鼓勵。

今天，某些青年沉緬於物慾不能自拔，從這句話可以得到甚麼啟示呢？

試寫一篇短文，用岳飛的詩句鼓勵他們追求高尚的精神生活。

三顧頻煩天下計，
兩朝開濟老臣心。
出師未捷身先死，
長使英雄淚滿襟。

【出處】

唐‧杜甫《蜀相》：

丞相祠堂何處尋，錦官城外柏森森，映階碧草自春色，隔葉黃鸝空好音。三顧頻煩天下計，兩朝開濟老臣心。出師未捷身先死。長使英雄淚滿襟。

【譯注】

　　先主三顧草廬多次諮詢安邦大計，兩朝主撐大局展現老臣忠心；率軍出征尚未勝利人先離世，長期使得後代有志之士感到惋惜而流淚滿衣襟。

- 三顧：三顧草廬，三次訪問諸葛亮住的草房。
- 頻煩：頻繁，多次反復。
- 天下計：治國安邦的大計。
- 兩朝：先主劉備和後主劉禪兩個朝代。
- 開濟：開創和輔助。
- 出師未捷：諸葛亮多次率領軍隊伐魏，爭奪中原，未獲成功，在蜀漢建興十四年（234年）病死於五丈原（今陝西郿縣）軍中，諡忠武侯。

【古文常識】

　　詩的語言是最為含蓄的，尤以中國古詩為然。所謂「含蓄」，是指它能在短短的詩句中表現出豐富而複雜的情思。在名句中不但做到這點，而且概括力強，能在前三句二十一個字中，把諸葛亮偉大的一生及他對國家的功績最主要部分突現出來。而章碣的《焚書坑》（見頁186）也是用寥寥二十八字，形象化地再現了秦末動亂以至秦朝覆亡的整個過程，可謂納須彌（即須彌山）於芥子。

【應用範圍】

　　題目「蜀相」是指三國時代蜀國丞相諸葛亮。杜甫十分崇敬他，在另一首《詠懷古跡》五首的末首說：「諸葛大名垂宇宙。」還說：「萬古雲霄一羽毛。」（功業人格，萬古流傳，像空中高飛的鳳鳥般，獨步雲霄。）充分表現他的高山仰止之情，但不及這篇來得動人。

　　名句是《蜀相》的後四句，前四句是指出蜀相諸葛亮祠堂（即武侯祠）的所在地（錦官城，即成都）及其景色，並勾起了詩人對諸葛亮功業的追思。「三顧草廬」、「兩朝開濟」，一方面是知人善任，始終不渝；一方面是鞠躬盡瘁，死而後已。「老臣之心」，指的是關懷華夏河山，蒼生水火，想到諸葛亮一生為國事操勞，最後伐魏，未獲成功，病死於五丈原，使後代有志之志不免感到惋惜而流淚滿襟。

　　杜甫特別崇拜諸葛亮的原因是甚麼？千百年來人們崇敬諸葛亮的原因是甚麼？我們應該向諸葛亮學習甚麼？

古之欲明明德於天下者，先治其國。
欲治其國者，先齊其家。
欲齊其家者，先修其身。

【出處】

《禮記‧大學》：

古之欲明明德於天下者，先治其國。欲治其國者，先齊其家。欲齊其家者，先修其身。欲修其身者，先正其心。欲修其心者，先齊其意。先致其知，致知在格物。

【譯注】

　　古代想把光明的德行彰顯於天下，首先要治理好國家。希望治理好國家，就要先管理好自己的家庭；要管理好自己的家庭，就要先修養好自己的品德。

　　● 明：彰顯，顯明。

　　● 明德：光明的德行，高尚的道德。

【古文常識】

　　讀本名句時，要注意形容詞的使動用法。第一句「明明」兩字都是形容詞，但頭一個「明」字成了動詞，具有使動意義，「使……怎麼樣」，即「使光明的德行顯明」。第二個「明」是形容詞，形容光明的德行。其他例子如《孟子・告子下》：「苦其心志，勞其心志，餓其體膚。」（使他的心意苦惱，使他的筋骨受勞累，使他的腸胃經受飢餓。）苦（苦惱）、勞（勞累）、餓（飢餓）都是形容詞，具有使動意義。

【應用範圍】

　　名句中用了頂真兼層遞修辭手法，由大至小說明有至高美德的人。從先治好國家說起，說明要達到此目的，必須從自己齊家、修身做起；然後又要「正其心」（端正自己內心），「誠其意」（使自己意念忠誠），從充實自己的知識做起。充實知識就在於「格物」（窮究事物的原理）。只有格物，才能明確地認識事物，才可提升自身的品德修養，才能修身、齊家、治國、平天下。「致知在格物」是一句著名的做學問的格言，香港大學就是用「明德格物」作為校徽的題詞，為香港學子熟悉。諾貝爾物理學獎得主李政道認為：「真正的格物致知精神，不但研究學術不可缺少，而且對應付今天世界環境也是不可缺少的。我們需要培養實驗的精神，不論是研究自然科學，研究人文科學，還是在個人行動上，我們都要保留一個懷疑求真的態度，要靠實踐來發現事物的真相。」

　　一個人立足社會，你認為「德」重要還是「才」重要呢？

竹帛煙銷帝業虛，關河空鎖祖龍居。
坑灰未冷山東亂，劉項原來不讀書。

【出處】

唐‧章碣《焚書坑》。

【譯注】

　　秦始皇焚燒書籍的煙消散了，帝業也不存在了，只有關河空自拱衛着秦朝的皇宮。焚書坑的灰還沒有冷卻，函谷關以東民間已紛紛作亂，而作亂的領袖劉邦和項羽原來都是不讀書的人。

- 竹帛：書籍。古代的文字刻在竹片和寫在絹帛上。
- 虛：虛空，沒有了，被推翻了。
- 關河：指函谷關和黃河，也包括其他的關隘、河流。關：在古代在險要或邊境出入的地方設置的防衛處所。河：在古代亦被稱為天險，所以關河是指一切可以倚恃的地理險阻。
- 空鎖：空自鎖守，即鎖守不住。
- 祖龍：指秦始皇。《史記秦始皇本紀》：三十六年（前211年）秋，使者從關東夜晚路過華陰平舒道（在今陝西華陰縣西北），有人手持璧擋住使者說，送給滬池君（水神），又說：「今年祖龍死。」祖：始也。龍：人君的象徵，謂始皇。祖龍居：秦始皇居所，即是都城或皇宮。
- 劉項：指劉邦和項羽，秦末民間起事諸家中最後實力最強的兩股勢力。

【古文常識】

　　讀古文、古詩時，弄明白地名非常重要，因為古今地名不同。名句中的山東，並非省名，不是現在的山東省。在戰國、秦漢時通稱崤山或華山以東地區，有時也泛指戰國時秦以外的六國領土。其他例子如《史記·鴻門宴》：「將軍戰河北，臣戰河南。」（將軍你在黃河以北作戰，我在黃河以南作戰。）河南、河北都不是省名。

【應用範圍】

　　焚書坑據傳是當年秦始皇焚書的一個洞穴，舊址在今陝西臨潼縣東南的驪山上。章碣可能到過那裏，觸目所及，感慨良多，發而為詩。詩中嘲諷及譴責了秦始皇焚書的野蠻行為，表現出憤慨和憎惡之情。

　　事件發生在秦始皇三十四年（前213年），秦始皇採納了丞相李斯的奏議，下令在全國搜集焚毀儒家《詩》、《書》等百家之書。令下之後三十天不燒者，罰作築城的苦役，造成中國歷史上空前的文化浩劫。詩的首句描寫竹帛焚燒化成的煙消散了，然而秦始皇的帝業也隨之坍塌。第二句寫雖然關河險固也護衛不住秦始皇居住的皇宮；第三句諷刺統治者原先以為焚書可以消弭國家的禍患，江山永保，但事與願違，民間紛紛起事，秦王朝搖搖欲墜。第四句與首句呼應，指出亡秦最強大的兩股力量劉邦和項羽，都不是讀書人：劉邦長期在市井廝混，早年不讀詩書，又極端輕視儒生的人物；項羽則是少年時學書不成，學劍也不就，遂投入行伍，可見焚書行為是多麼愚蠢可笑！

翻查中國歷史，説説獨裁者都怕知識份子的原因。

自胡馬窺江去後，廢池喬木，猶厭言兵。漸黃昏，清角吹寒，都在空城。

【出處】

宋・姜夔《揚州慢》：

淮左名都，竹西佳處，解鞍少駐初程。過春風十里，盡薺麥青青。自胡馬窺江去後，廢池喬木，猶厭言兵。漸黃昏，清角吹寒，都在空城。

【譯注】

　　自從金兵進犯長江流域回去之後，荒廢了的池台，殘存的高大老樹，迄今還討厭說起舊日戰爭。漸漸進入黃昏，淒涼的號角聲吹起了寒意，在空曠而沉寂的空城裏蕩漾。

- 胡馬：金朝君主完顏亮所率的軍隊（兵馬）。胡：古代對北方和西方各族的泛稱。完顏亮是女真族人，最早活動在中國黑龍江省下游。
- 窺江：進攻長江一帶。窺：窺伺，暗中觀察探聽動靜，等待時機，準備進攻。
- 兵：戰爭。

【古文常識】

　　「去」，在古文中常作「離開」解，如《詩經‧碩鼠》：「逝將去女，適彼樂土。」（發誓一定要離開你，到那快樂的地方。）名句中是説金兵進犯了長江一帶離開之後。

　　注意詞語的引申義。「兵」，本義為武器，此處引申為戰爭、戰亂。例如《六韜》：「兵者，國之大事，存亡之道，命在於將。」（戰爭，是國家的大事，它關係着國家的存亡，命運掌握在將帥的手中。）

　　形容詞活用為名詞在古文中經常出現。「清角吹寒」的「寒」字，本是形容詞，此句作名詞「寒意」。其他例子如《資治通鑑‧赤壁之戰》：「瑜等率輕鋭繼其後。」（周瑜等人率領輕裝精鋭的軍隊緊跟在他們後面。）

【應用範圍】

　　這首詞是詩人在宋孝宗淳熙三年（1176 年）路過揚州時有感而發寫下的。北宋時揚州是一座繁榮的城市，自從金兵於宋高宗紹興三十一年（1161 年）金主完顏亮大舉南侵，宋軍大敗，揚州遭到嚴重的破壞，原本的繁榮面目全非。十六年以後，全城仍然一片蕭條景象，池台荒廢，老樹橫生，它們都怕提起往日戰亂的噩夢，淒涼的號角聲在暮色籠罩的空城裏迴蕩。「廢池喬木，猶厭言兵」，不説「百姓」厭言兵而説無情的「廢池喬木」厭言兵，道出了戰爭的殘酷，令人動容。

　　當今世界大小戰爭不斷，説説你對戰爭的看法，可舉中東的某一場戰爭為例。

君之視臣如土芥，
則臣視君如寇讎。

【出處】

《孟子‧離婁下》：

君之視臣如手足，則臣視君如心腹；君之視臣如犬馬，則臣視君如國人；君之視臣如土芥，則臣視君如寇讎。

【譯注】

　　君主看待臣子如同看待泥土草芥，那麼臣子看待君主就如同看待仇敵。

- 土芥：泥土和芥草；芥草，一二年生草木植物。二者比喻不值得愛惜，可以任意踐踏的東西。
- 寇讎：寇，強盜；讎，仇敵。

【古文常識】

　　「視」，句中意為看待。此意是從「看」引申出來的。《左傳・成公三年》：「賈人如晉，荀罃善視之，如實出己。」（商人到了晉國，荀罃善待他，好像確把自己救出來一樣。）「善視」，好好看待的意思。

　　「之」，在本句中用在句子的主語與謂語之間，取消句子的獨立性，不能譯出。其他例子如《列子・湯問篇》：「雖我之死，有子存焉。」（雖然我死了，有兒子活着。）上半句沒有「之」字，不影響句意。「雖我死」，「我死」主謂語齊全，可以成句，但加上「之」字，成為「我的死」反而取消了句子的獨立性，針對詞組。

【應用範圍】

　　先秦諸子中最具民主平等思想的是孟子，在本名句可以看出。在名句前面還有兩句話：「君主看待臣子如同手足，那麼臣子看待君主就如同腹心；君主看待臣子如同犬馬，那麼臣下看待君子就如同一般人。」在君主專制的社會中，君尊臣卑，所有人的生命均被視為泥土草芥，可以頤指氣使，任意踐踏，生死予奪；孟子則主張對臣子要尊重，這樣臣子才會敬重你，二者的關係是相對的，是互相尊重的，做一切事都要有商有量，以情動人。

　　孟子當然不會有人權思想，但他有愛人之心，所以能做到平等待人。他這番話對我們處理人際關係也多有啟發：你敬人三分，別人也回敬三分；敵人者人恆敵己，愛人者人恆愛己。

　　試用孟子的觀點檢查自己與人相處時，有哪些不足之處。

我自橫刀向天笑，
去留肝膽兩崑崙。

【出處】

清·譚嗣同《獄中題壁》：

望門投止思張儉，忍死須臾待杜根。我自橫刀向天笑，去留肝膽兩崑崙。

【譯注】

　　我自己橫拿着刀仰頭向天大笑，不論出國還是留下，兩個人都是肝膽照人，就像崑崙山巍峨崇高。

- 去留：去，出國，指康有為、梁啟超逃避清廷去日本；留，留下，指自己，留在獄中。
- 崑崙：崑崙山，中國西部山脈，長約 2500 公里，高海拔 5000－7000 米，本句用山的巍峨比喻人格的崇高。

【古文常識】

　　在古人看來，人的內臟器官常能表達情意，心、肝、膽、腹均有此種功能，例如《史記・淮陰侯列傳》：「臣願披腹心，輸肝膽，效愚計。」（我願意推心置腹，以真誠的心意，獻上我的計策。）在本名句中，「肝膽」即肝膽照人，真誠相見，忠心耿耿。

【應用範圍】

　　譚嗣同（1865－1898年），清末維新變法（戊戌變法）的重要人物，變法失敗後，被捕入獄，遭殺害。他在獄中時，意氣自若，撿起地上煤屑，寫下這首絕筆詩。

　　譚嗣同在獄中，非常鎮定，梁啟超勸他盡快走，他說：「不有行者，無以圖將來；不有死者，無以召後來。」他縱觀各國變法，「無不以流血而成，而中國未聞有因變法而流血者，此國之所以不昌也，有之，請自嗣同始。」他已準備以自己的鮮血喚醒麻木不仁的民眾，點燃起一場燒毀黑暗勢力的熊熊怒火，最後在1898年中秋前二天，他被綁到北京宣武門外菜市口刑場，臨刑前高呼「有心殺賊，無力回天，死得其所，快哉！快哉！」聲如洪鐘，直衝牛斗，令劊子手倉皇失措。

　　這兩句詩充分顯示了他視死如歸的英雄氣概，迎着屠刀他仰天大笑，笑敵人怯懦，笑自己死得其所，他死而無憾，不論「去」「留」都是為了維新的需要，都像屹立在高原上的崑崙山般崇高、偉大。

　　結合現實情況，你認為改革者被鎮壓時是「去」還是「留」好？

我勸天公重抖擻，
不拘一格降人材。

【出處】

清・龔自珍《己亥雜詩》：

九州生氣恃風雷，萬馬齊暗究可哀。我勸天公一抖擻，不拘一格降人材。

【譯注】

　　我勸告玉皇大帝重新振作精神，使得各種各樣的人材可以降臨世間。

* 天公：指玉皇大帝。
* 不拘一格：打破常規、採用多種多樣的方式。
* 降：使降臨，有選用之意。

【古文常識】

　　名句中，「天公」指的是玉皇大帝，實際上是借指清王朝的最高統治者——皇帝。讀古文時要注意這種曲折的手法，因為公開指責帝王，是要砍頭的，只好借「天公」宣洩不滿，表達願望。另例：宋張元幹《賀新郎》詞中「天意從來高難問」句，「天意」即皇帝的旨意。全句意為南宋皇帝在對待金人入侵問題上的旨意無法窺測。

【應用範圍】

　　作者龔自珍（1792－1841年），號定庵，浙江仁和（今杭州）人，晚清傑出的思想家、文學家，這首詩是他在道光十九年夏路過鎮江（今江蘇鎮江市）時所寫的。他看到當地民眾在祭神，乃應道士要求寫下這首青詞（道教祭神的一種文字，用朱筆寫在青藤紙上）。

　　《己亥雜詩》中「己亥」，是指清道光十九年（1839年）。詩中使用象徵手法，選用「九州」（古代把中國劃分為九個州，所以後來常用九州代表中國）。「風雷」、「萬馬」、「天公」，具有壯偉特徵的意象，抒寫作者激越的感情。首句意為「要使全中國能夠出現生氣勃勃的景象，就要依靠一場狂風暴雷（巨大猛烈的衝激力量）般的大變革。第二句中「萬馬齊喑（啞）」比喻清王朝腐敗統治下極為沉悶，令人窒息的政治局面和生活環境，可是沒有人敢出來說話，這種死氣沉沉的現實社會令人失望悲哀。最後二句（即本名句）詩人認為要改變社會面貌的巨大力量源自人材，因此朝廷應該破格薦用人材。

　　當前政府在薦用人材方面做了哪些工作？效果如何？你有甚麼建議？

良藥苦於口而利於病，
忠言逆於耳而利於行。
湯武以諤諤而昌，
桀紂以唯唯而亡。

【出處】

《孔子家語・六本》：

良藥苦於口而利於病，忠言逆於耳而利於行。湯武以諤諤而昌，桀紂以唯唯而亡。君無爭臣，父無爭子，兄無爭弟，士無爭友，無其過者，未之有也。

【譯注】

　　好的藥品服用起來是苦的，可是對病情有利；誠懇的勸告聽起來不順耳，可是對改正錯誤的行為有利。商湯、周武王因為有臣子敢直言諫諍而國家昌盛，夏桀與商紂因為沒有臣子敢於規勸而滅亡。

- 逆於耳：不順耳，聽起來使人感到不舒服。
- 湯武：商湯及周武王，分別是商朝和西周王朝的建立者。
- 諤諤：直言爭辯的樣子。
- 桀紂：分別為夏代和商代的末代君主。
- 唯唯：唯唯諾諾，謙卑地應答，一味順從，不敢提出不同意見。

【古文常識】

　　注意名句中第一、三和第二、四個「於」字的不同用法。一、三的「於」作為引進動作行為發生的處所，可譯為「在」。「苦於口，逆於耳」，即苦在口中，不順話於耳際。又例如諸葛亮《出師表》：「受任於敗軍之際，奉命於危難之間。」（〔我〕在兵敗的時候接受了委任，在危急困難之中接受了使命。）

　　二、四的「於」作介紹動作行為發生用或出現時涉及的對象，可譯為「對」。「利於病」、「利於行」，即「對病情有利」、「對行為有利」。另例《鄒忌諷齊王納諫》：「四境之內，莫不有求於王。」（全國範圍內，沒有不對大王有求救的。）

【應用範圍】

　　孔子非常重視接受別人的批評，把這種批評看成是苦口良藥。他認為國君如果沒有敢於諫諍的臣子，父親沒有敢於諫諍的兒子，兄長沒有敢於諫諍的弟弟，一般人沒有敢於諫諍的朋友，不犯錯誤，是不可能的。如果能做到人與人之間能互相諍諫，大家就能改正錯誤，國家就不會有危亡的跡象，家庭就不會有悖逆的醜聞，友誼也能得以保持永恆。可惜的是人都愛聽好話，對批評話語多表示拒絕。

　　你平時怎樣對待人家的批評？其後果如何？

治大國，若烹小鮮。

【出處】

《老子・第六十章》：

治大國，若烹小鮮。以道莅天下，其鬼不神；非其鬼不神，其神不傷人；非其神不傷人，聖人亦不傷人。夫兩不相傷，故德交歸焉。

【譯注】

治理大國，就好像烹調小魚。

- 烹：烹調，指煎炸食物。
- 鮮：魚類。

【古文常識】

「鮮」，在古文中有多種解釋，名句中指魚類。與現今的「海鮮」不同，後者指魚、蝦、蟹等海產食物。在古書《禮記‧內則》中就有：「冬宜鮮羽，膳膏羶」（冬季適宜吃鮮魚大雁，用羊油煎去其羶味）。

【應用範圍】

這是一句閃耀着智慧的光芒、富幽默感、內容深邃廣闊似大海，任何人都無法道盡，也無法說得準確的曠世名言。有人解釋：用烹調小魚來比喻治理大國，意思是「烹小魚不去腸、不去鱗、不敢撓，恐其糜也」（河上公注），烹調時不能常常翻動，否則小魚就會破碎，形象不美，也不好吃了；治理國家一樣，要清靜無為，政令要不過分煩瑣苛刻，人民不能忍受干擾，否則國家就不和諧、不安定。

這種觀點與老子「無為而治」的政治理想分不開。所謂「無為」，並非無所作為，而是要順其自然，就是不要人為的進行干預，因私見以偏概全。它不僅對治理一個國家，就是對於個人生活和部門管理，均具深刻意義。作為一個國家首腦或一個機構的負責人，無為的品格就彌足珍貴，因為一個人智慧有限，難以掌握國家和機構各個方面，更難以預知其未來。單憑個人愛好、理想就很難制定出一套適合於所有特殊情況的政策。用無為道理治天下，天神人鬼都各能安其位，鬼神就不會傷害人，國君和人民都互不傷害，一齊受道德規化了。

有人認為本名言表現了一種治大國者的從容不迫、游刃有餘、舉重若輕的精神狀態，這是一個治國者不可或缺的品質。

仔細觀察政府或學校校長的施政，與本名句有沒有矛盾之處。

物與物相殘，人且惡之；乃有憑權位，張爪牙，殘民以自肥者，何也？

【出處】

清‧薛福成《貓捕雀》：

貓一搏而奪四五雛之哺，人雖不及救，未有不惻焉慨於中者。而貓且眈眈然，惟恐不盡其類焉。嗚呼，何其性之忍耶！物與物相殘，人且惡之；乃有憑權位，張爪牙，殘民以自肥者，何也？

【譯注】

　　動物和動物互相殘害，人們尚且憎惡這種現象，可是如今卻有人憑藉權勢，張牙舞爪殘害老百姓而使自己獲得好處，這是為甚麼呢？

- 物：指動物。
- 且：尚且。

【古文常識】

「且」，有多種用法，作副詞用時可作姑且、暫且、尚且解，名句中作「尚且」解。又例如《戰國策‧燕一》：「死馬且買之五百金，況生馬乎？」（死馬尚且用五百金去買牠，何況活馬呢？）

「自肥」，使自己肥（得到益處）。「肥」是形容詞，在這裏具有使動意義。就如劉禹錫《陋室銘》：「無絲竹之亂耳。」（沒有音樂來擾亂耳朵。）「亂」，就是使擾亂的意思。

「以」，主要用來連接表示目的關係的兩項，後項是前項的目的，相當於「以便」、「來」。「殘民以自肥」指「自肥」是「殘民」的目的，即殘害百姓的目的是自肥。其他例子如《左傳‧僖公五年》：「晉侯復假道於虞以伐虢。」（晉獻公又向虞國借道來攻打虢國。）

【應用範圍】

本名句說動物與動物之間互相殘害，動物本性殘忍，推物及人，由自然界說到社會，表達了對「憑權位，張爪牙，殘民以自肥者」的極度痛恨之情。作者通過一隻隱蔽在樹林的貓捕噬雀母，使四五隻雛鳥失去餵哺，而貓還意猶未足，對雛鳥虎視眈眈，雛鳥生命危在旦夕的故事來顯示這種情緒。作者所說的「殘民以自肥者」，是指剝削民脂民膏，使百姓陷於火熱之中的貪官污吏，但我們讀時，可以包括那些為了奪取他國資源而發動戰爭，令屍骸遍野，民不聊生的霸權國家的統治者。「物與物相殘」，實際上，當今世界每時每刻人與人都在相殘，丈夫殺妻子、兒子殺父母屢屢發生，令人齒冷。

儒家認為人性本善，社會上為甚麼還有這麼多殺人的事件？

非賢而賢用之，與愛而用之同；
賢誠賢而舉之，與用所愛異狀。

【出處】

《韓非子‧難四》：

非賢而賢用之，與愛而用之同，賢誠賢而舉之，與賢所愛異狀。故楚莊舉叔孫而霸，商辛用費仲而滅，此皆用所賢而事相反也。

【譯注】

　　不是賢能的人而當作賢能的人而任用他，和因喜愛而任用他相同；認為賢能又確實賢能的人就任用他，和任用所喜愛的人情況不相同。

- 賢：第一分句中第一個「賢」作「賢能的人」解。第二個「賢」作「當成賢能的人」解。第二分句中的「賢」作「認為賢能」解，第二個「賢」是「賢能」的意思。
- 「誠」：確實。
- 異狀：情況不同。

【古文常識】

　　「賢」是形容詞，用法各不相同，見「譯注」中的解釋，特別要注意的是第二分句中的第一個「賢」，把形容詞動詞化，具有使動意義。

　　各句中「之」字都是作代詞「他」用。

【應用範圍】

　　韓非子十分重視國家對人材的任用，在《外儲說左下》中，他曾提出「外舉不避仇，內舉不避親」（舉薦人才對外人不迴避仇人，對自己不迴避親子），在本名句中他對國君提出另一個原則，那就是不可以根據個人的喜好來任用人，而是必須根據人的賢能與否來任用。

　　韓非子認為根據個人的喜好而用的人不一定是賢能。例如：楚國卿屈到喜愛吃菱角，周文王喜歡吃菖蒲根醃製的菜，都不是美味的食物。人用得對，國家就興，否則就亡。楚莊王任用孫叔敖而稱霸，商紂任用費仲而滅亡，都是因用了自以為賢能的人而結果相反。

　　說說你所知道的學校、社會或機構中，領導者因僅憑個人喜愛而任用工作人員的不良後果。

禹思天下有溺者，由己溺之也；稷思天下有飢者，由己飢之也，是以如此其急也。

【出處】

《孟子·離婁下》：

孟子曰：「禹、稷，顏回同道：禹思天下有溺者，由己溺之也；稷思天下有飢者，由己飢之也，是以如是其急也。禹、稷、顏子易地則皆然。」

【譯注】

　　禹以為天下有遭淹沒的人，好像自己使他們淹沒似的；后稷以為天下有挨飢餓的人，好像自己使他們挨飢餓似的，因此他們拯救百姓才這麼急切。

- 禹：傳說中古時代的部落聯盟領袖舜派他治理洪水，三過家門而不入。
- 稷：也叫后稷，善耕種，堯任命為農師，指導耕種，對農業做出巨大的貢獻，死後百姓奉為「五穀之神」。粵音積。

【古文常識】

「溺」是動詞「淹沒」,「飢」是形容詞「飢餓」,它們分別成了有使動意義的動詞,即「使……淹沒」、「使……飢餓」。其他例子如《三國志‧魏志‧高堂隆傳》:「殷勤鄭重,欲必覺悟陛下。」(他殷勤鄭重,想要使陛下覺悟。)「使……覺悟」,就是動詞使動。《荀子‧天論》:「強本而節用,則天不能貧。」(加強農業生產又節約用度,老天爺就不能使他貧困。)「貧」是形容詞「貧困」,「使……貧困」就是形容詞變成使動動詞。

「之」,句中作代詞用,即代「天下溺者」、「天下飢者」。

「是以」,相當於「因此」、「所以」,是因果連詞,表示結果。另例如《荀子‧天論》:「故君子敬其在己者,而不慕其在天者,是以日進也。」(所以君子重視自己的努力,不乞求上天的恩賜,因此一天天地進步。)

【應用範圍】

孟子認為,大禹治水,希望洪水不用為患,百姓不再被淹沒;后稷推廣農業技術,希望年年五穀豐登,百姓不再挨餓,所以當他們看到洪水仍然為害,淹沒百姓;看到民眾仍然吃不飽,首先想到的是自己沒有完成任務,與災民感同身受,產生急切拯救他們於水深火熱之中的願望。這種「人溺己溺,人飢己飢」心態,充分體現仁愛關懷之情。

你認為香港政府對待貧困人士是不是持孟子的態度?試結合周圍發生的事說明之。

苟利國家生死以，
　　豈因禍福避趨之。

【出處】

清・林則徐《赴戍登程口占示家人》：

力微任重久神疲，再竭衰庸定不支。苟利國家生死以，豈因禍福避趨之。謫居正是君恩厚，養拙剛於戍卒宜。戲與山妻談故事，試吟斷送老頭皮。

【譯注】

　　倘若有利於國家我可以用生命來奉獻，怎能因為是禍就躲避，是福就爭取。

- 苟：倘若。
- 生死以：不論生或死都會用（生命）作奉獻。
- 福禍避趨：避禍趨福，避開災禍，爭取幸福。

【古文常識】

　　「苟利國家生死以」，這句詩改寫自春秋著名宰相鄭國大夫子產說的話。子產要進行政治改革，遭到國人的指責，他說：「何害？苟利社稷，死生以之。」（沒有甚麼厲害，倘使對國家有利，我會不論生死用生命來奉獻。）林則徐把「社稷」改成「國家」，把「死生」改成「生死」，把「死生以之」的「之」省掉，「之」字的省略是因下句用了「之」，這是從下句省略。

　　把詩文略加改造而用在自己的詩詞中，尚有他例。如岳飛《滿江紅》：「莫等閒，白了少年頭，空悲切。」就是由漢朝佚名《古樂府長歌行》：「少壯不努力，老大徒傷悲」改寫而成的。後者比前者更激動人心。

【應用範圍】

　　林則徐，清末政治家，福建侯官（今福州市）人，道光十八年（1839 年）在湖廣總督任內嚴厲禁煙，於虎門繳獲英美商人鴉片 237 萬多斤，並銷毀。1840 年 1 月任兩廣總督。6 月鴉片戰爭爆發後，嚴密設防，使英軍在粵無法得逞。10 月，英商勾結官僚琦善進讒，林氏被革職，1842 年充軍新疆伊犁，這首詩就是他自西安告別家人時寫的。詩中引用鄭國子產因施行政治改革而被國人誹謗說的話，表達自己雖為奸人所讒而充軍，但在利國的事業上，絕不避禍趨福，早已把生死置度外。本名句百多年來為人們所傳誦，激勵他們為國犧牲的精神。

你認為林則徐有哪些值得學習的地方？

域民不以封疆之界，
固國不以山谿之險，
威天下不以兵革之利。
得道者多助，失道者寡助。

【出處】

《孟子·公孫丑下》：

域民不以封疆之界，固國不以山谿之險，威天下不以兵革之利。得道者多助，失道者寡助。寡助之至，親戚畔之；多助之至，天下順之。以天下之所順，攻親戚之所畔，故君子有不戰，戰必勝矣。

【譯注】

　　限制人民外遷不必用國家的疆界；鞏固國防不能靠山河的險要；懾服天下不能靠兵器甲冑的精良。施行仁政的君主會得到眾人的幫助，不施行仁政的君主受到的幫助就很少。

- 域：界限，限制。
- 山谿：山溪，兩山之間的大溝。
- 兵革：武器。
- 得道：得治國之道，即指施行仁政。

【古文常識】

　　「域」是在一定疆界內的地方，如領域，名詞，此句作動詞「限制」用。「域民」就是限制人民。在古文中這種情況不少，例如《史記・高祖本紀》：「軍淮陽之東，與秦軍戰，破之。」（〔軍隊〕駐紮在濮陽的東面，和秦軍交戰，打敗了秦軍。）「軍」，本來是名詞軍隊，這裏作動詞「駐紮」解。

　　「威」、「固」是形容詞，句中作動詞「懾服」、「鞏固」用。這種情況古文常見，例如劉向《說苑・建本》：「周公拂其首，勞而食之。」（周公旦撫摸着他們的頭，安慰他們，並給他們東西吃。）「勞」（如勞累、勞苦）是形容詞，此句中作「安慰」解。

【應用範圍】

　　「得道者多助，失道者寡助」與「天時不如地利，地利不如人和」屬於《孟子》的同章同節。孟子認為天然的時運比不上地理的優勢，地理的優勢又比不上人們的同心協力。孟子將三者加以比較，用兩個「不如」強調「人和」的重要性，指出各種客觀條件及諸多因素在戰爭中都比不上人的主觀條件，決定戰爭勝負的是人而不是物。同樣的用在治理國家方面，一個政權施行仁政得到人民的擁護最為重要，得不到人民擁護的政權必定眾叛親離，逃不掉滅亡的命運。依靠強權的政府是不會長久的。

　　回顧歷史上朝代的興衰，你能證明孟子的名言正確嗎？
　　論及專制獨裁政權必然滅亡時常用此名句。

憑君莫話封侯事，
一將功成萬骨枯。

【出處】

唐·曹松《己亥歲》（二首錄一）：

澤國江山入戰圖，生民何計樂樵蘇。憑君莫話封侯事，一將功成萬骨枯。

【譯注】

　　請求您不要再提建立功業封賞高官之事，一個將帥功成立就，是靠千千萬萬士兵的死亡屍體變成枯骨換取來的。

- 憑：請，一作勸。
- 封侯：立功封賞高位。侯：中國古代五等爵位（公、侯、伯、子、男）中的第二等。

【古文常識】

　　讀古詩時，要注意詩人使用每個詞所包含的感覺。以名句中的「憑」為例，從字面看可解作「請」或「請求」，其實它的含意介於「請」、「求」之間，語調比「請」更軟，全句意為「行行好吧，可別再提封侯的事啦」，其中苦酸的詞調可從「憑」字推敲出來。因為一提到此事，就會想到「一將功成」是以「萬骨枯」為代價，太不公平，太悲慘了。又如杜牧的《贈獵騎》:「憑君莫射南來雁，恐有家書寄遠人。」（請求您不要射殺南來的鴻雁，因為把身上帶有寄給遠離家的人的書信。）古人認為鴻雁可以傳書，故希望獵人為離家在外的遠人而手下留情。

【應用範圍】

　　「一將功成萬骨枯」，道出了自古迄今戰爭的殘酷及不公平，每場戰爭過後，獲勝的將帥無不備受讚揚，仕途得意，但若他們想到這種勝利是站在累累的戰友和敵人的屍體之上，恐怕就高興不出來了。本名句是針對活生生的社會政治現實而發的。詩寫於唐僖宗廣明元年（880 年），映現的卻是前一年乾符六年即己亥年的事。那年淮南節度使高駢因為鎮壓黃巢造反軍有功而獲朝廷獎賞，進位校檢太尉。全詩首句描寫戰亂綿延到江漢流域（澤國），一片河山都繪入戰圖，第二句寫老百姓想過打柴（樵）割草（蘇）的日子也不可得。可見戰爭不只是戰鬥雙方的士兵，還包括在過程中大量死亡的百姓。詩所蘊含的反戰思想是非常強烈的。

你認為一個人的成功以許多人犧牲為代價，合理嗎？